淘寶黃金手

卷十二 九龍奇鼎 第一輯(完)

羅曉 著

目錄

淘寶
黃金手

第一七六章

扮豬吃虎

魏曉雨腦子一向敏銳，想了想，倒是有些省悟起來，
周宣是不是隱形高手？一直都在扮豬吃虎吧？
否則第一次自己出手那麼猛，他居然完好無損，
而且反倒把她給累趴下了，這根本就不合理！

魏曉雨的手很溫暖，至少周宣在這個時候感覺到了，如果放在別的時候，或者在京城，要是魏曉雨這樣對他說話，他會覺得受不了，甚至可能會很討厭她，但現在，他卻真真實實發覺，魏曉雨是個很可愛的女孩子，雖然自己不可能去愛她，但不能否認，魏曉雨其實是一個善良的女孩子。

「周宣，你能告訴我，爲什麼會來這個地方嗎？」

魏曉雨緊緊握著周宣的手，盯著他仔細問道：

「如果你相信我，你就告訴我，從下飛機開始，我就覺得你很奇怪，而今天晚上的事，我覺得更奇怪，你如果不說，我也不會怪你，我只是想告訴你，既然我們來了這裏，那就是我們兩個人的事，我什麼事都可以與你一起分擔，不要什麼事都藏在心底，好像我跟著你來只是一個配角，我希望你知道，我並不是一個花瓶！」

事實上，周宣也從來沒有把魏曉雨看成是一個花瓶！只不過，這一次的相處較深，瞭解多些後周宣才知道，魏曉雨並不是他以前看到的那樣，在魏曉雨驕傲和美麗的外表下，她其實只是一個善良的鄰家女孩！

周宣忽然側過頭似乎在聽什麼，魏曉雨一怔，以爲是周宣聽到有人來了，趕緊靠著岩石壁，不過靜下來傾聽了一陣，卻是什麼也沒聽到，低聲道：

「什麼事啊？」

周宣噓了一聲，前後看了看，然後拉著魏曉雨走到一處凹壁處，把魏曉雨往石壁上一推，魏曉雨一驚，周宣把她往這堅硬的岩石壁上推幹嘛？

但就在她接觸到岩石壁時，本能地將身子往後縮了一下，就在接觸岩壁的那一刹那，魏曉雨的身子竟然沒有阻擋地陷進了岩石壁中！

緊接著，周宣也緊貼著她的身子擠進去，魏曉雨身子向裏面傾了傾，雖然裏面很小，但卻不難受，比人體剛好大那麼一丁點，只是很奇怪，這一帶她都瞧得很清楚的，並沒有岔洞，怎麼這兒忽然多了這麼一個洞？

其實這也不算是個洞，只是剛好可以容納她跟周宣兩個擠進去的一個小空間而已。

魏曉雨正這樣想著的時候，忽然就聽到有人說話的聲音，聽起來是兩個男人。

「也不知道老闆到底爲什麼要把我們搞到這兒來，我覺得沒必要，那些古董幹嘛要藏到這個山洞裏？爲什麼不直接運到南方？」

「老闆的事，你管那麼多幹嘛？有錢給你就行了，你我可沒少拿錢，別出聲，只管做事，當心禍從口出！」

「是是是，我這事都還全靠你了……」

兩個男子一前一後，說著話，打著手電筒往進來的方向出去，經過魏曉雨和周宣藏身的地方時，眼都沒側一下，根本就沒注意到他們藏身的地方，漸漸地，連腳步聲都消失了。

等到手電光和腳步聲說話聲都消失後，周宣才把魏曉雨拉出岩壁。

魏曉雨跟著周宣一邊走，一邊還回頭瞧了瞧剛剛藏身的那個空間，心裏好生奇怪，是不是她觀察力下降了，連這點都沒注意到？

又想到，她可是經過很多嚴格訓練的，比如聽力吧，比起普通人可要強得多，但剛剛她卻沒聽到任何動靜，但周宣怎麼就聽到了這兩個人的動靜？

魏曉雨腦子一向敏銳，想了想，倒是有些省悟起來，周宣是不是隱形高手？一直都在扮豬吃虎吧？否則第一次自己出手那麼猛，他居然完好無損，而且反倒把她給累趴下了，這根本就不合理！

聽到剛剛出去的那兩個男人說的話，這些人肯定都是文物盜賊，或是文物販子，這就意味著，周宣來這兒並不是瞎胡鬧，而是要找到破案的線索，並不是想跟她發展關係，找機會單獨相處。

一想到這些，魏曉雨倒是有些失望，但對周宣又莫明其妙地崇拜起來，這個原本在她心裏如清水般純樸的男子，刹那間變得深不可測了！

周宣可沒有想那麼多，他沒有馬樹那份能讀心的能力，也不知道魏曉雨在想些什麼，只是拉了魏曉雨往洞裏更深入。

這條小洞倒是越走越寬大了，再進入百多米的距離，頭頂鐘乳石林立，就像進入了一個光怪陸離的境地。

周宣彎了腰，步子也慢了下來，魏曉雨也跟著彎下腰，前面清楚聽到了有人說話的聲音，一支大的照明燈亮著。

兩個人彎下身子，前邊四五十米處，十多個人正在燒著一堆火，喝酒說著話，火光亮堂堂的，將那些人臉照得很清楚。

魏曉雨數了數，一共有九個男人，加上剛剛出去了兩個，總共是十一個人。

周宣湊到魏曉雨耳邊輕輕道：「要小心，他們有槍！」

魏曉雨點點頭，這個形勢她不是不明白，九個人九支手槍，既然做了這個事，那就表明這些人肯定是爲了錢不顧一切的亡命之徒，容不得有絲毫懈怠，她雖然身手不錯，但隔了這麼遠，那些人又處在空曠如廣場一樣的地方，如果忽然以極快的速度衝上前下狠手，她也不可能一下子把這九個人都打倒，讓他們都喪失反手能力！

再說，她跟周宣此行的目的只是要把這件案子搞清楚，卻不是要來抓人的。所以，現在還是以自身安全爲重，有必要的時候再動手。

周宣也很吃驚，這些人都處在他冰氣能達到的範圍中，但他只能探測，卻失去了轉化吞噬的能力，試了好幾次都是如此！

在他得到冰氣異能以來，還是第一次遇到這樣的情況，不過，在美國天坑裏的那一次，周宣對那黃金石探測不到資訊時就得知，他的冰氣對來自與冰氣同一個地方的東西是會喪失能力的。

洞裏這些人，周宣試探了好一陣子，終於發現，他們身上似乎有一種冰氣附身殘留的味道！

這讓周宣忍不住呆了一陣。這些人是不是被那個擁有冰氣異能的人改造過了？如果是那樣的話，可就真有麻煩了！

這麼做，那個藏在暗處的異能人肯定是有用意的，只是周宣現在還不明白，他這樣做是爲了對付自己呢，還是只爲給這些人方便？

當然，大家現在都還不知道，那個人只是用冰氣將盜賊們的身體激發改造了一番，這些人並沒有異能，只是周宣卻再沒有辦法用冰氣將他們轉化吞噬，這樣，他和魏曉雨等於置身於了一個極危險的境地中。

對方有九個人，加上出去的兩個，一共有十一個人，有十一支手槍，而自己這邊只有兩個人，若是空手對空手，有魏曉雨在，倒也不會吃多大的虧，但問題是，他的冰氣不能使用在這些人身上，就是最大的問題！

魏曉雨知道情勢危險，但卻沒有周宣想得多，因爲她不知道周宣有異能，沒有得到過，自然就不會想到失去的滋味，她只考慮著要怎麼在保證她和周宣的安全下，再對付那九個人。

就在她跟周宣盯著前面那些人的時候，後面那兩個人卻又進來了，而這時，她跟周宣所處的位置就很尷尬，在這個偌大的空間中，她與旁邊的岩壁距離了三十米，不可能一下子跑到岩壁邊，而後面回來的那兩個人離周宣的距離也超過了四十米，又加上周宣注意力全放在前面那九個人身上，一分心，加上距離又過大，居然沒注意到後面的人進來了！

那兩個人很清楚地看到周宣和魏曉雨彎腰蹲在前邊一處半米高的石柱前，當即大叫道：

「兄弟，這兒有兩個人！」

那邊九個人霎時間如炸了營一般，掏出槍就圍了過來。

周宣運起冰氣，想把後面這兩個人解決了再說，但冰氣到他們身上時，周宣才發現，這兩個人一樣是經過冰氣改造過的，他轉化不了！

前前後後十一個人團團將他們兩個圍住了，其中一個人盯著他們叫道：「說，幹什麼的？」

聽這個口氣，又不像是知道他們是什麼身分，周宣心裏又多了點希望，只是冰氣無法對這些人起作用時，他只是廢人一個，而魏曉雨也不可能赤手空拳對付十一支手槍！

兩人把手舉了起來，十幾個人持槍將他們押到火堆處。

到了火堆處，十幾個人坐成了個半圓形對著他們，這十一個男人，年紀大的四十多，年紀小的也有二十七八歲，看眼神都有些兇狠，顯然不是一般尋常人，怕是道上幹多了殺人竊盜的事。

周宣一直在暗中運冰氣試探，但最後還是放棄了，這十一個人，他都沒辦法轉化掉，只能想別的路子。

魏曉雨咬著唇，心裏也在暗暗盤算，對著十一支手槍，她沒辦法在第二個人開槍的情況下奪走十一支手槍！

不過這一群人裏，這些人雖然都不是初手，看得出都幹過些狠事，但從剛剛的動作就可以看出來，這些人並沒有多強的搏鬥身手，這倒是讓魏曉雨稍稍放鬆了些。

那個四十來歲的男子把手槍一擺，眼神凌厲地瞪了瞪，問道：

「說，你們是什麼人？」

周宣雙手一攤，說道：

「就是上山玩一玩，爬爬山，鑽鑽洞，我們是來旅遊的！」

「他媽的，你哄鬼呀！」那男子把手槍對著周宣叫道：「我遊你個頭，三更半夜來爬山鑽洞，你膽子挺大是不是，老子給你一槍！」

「別開槍！」魏曉雨伸手擺了擺，急道，「我跟你們說吧，我們是……是逃婚的！」

魏曉雨這話讓周宣和那些持槍男人都是一怔，那男人顯然對魏曉雨的模樣放鬆了些警惕，魏曉雨太漂亮太嬌柔了些。

「逃婚？逃婚用得著大半夜往山上跑？還鑽進這麼深的洞，你們就不怕？嘿嘿，我瞧你們是警察吧？」

魏曉雨故意把身子顫抖著，顫聲道：

「我們怎麼可能是什麼警察？要是警察還不……還不早就開槍了，還用得著等你們來抓我們嗎？我……我們是逃婚的，我爸是當官的，我男朋友家是鄉下人，我爸媽都不同意，又給我另外安排了婚事，我只能跟他逃了出來。

但是我爸派的人發現了我們，我們是晚上逃到這兒來的。我爸的人又追到了莫蔭山來，我們是從街上那旅社裏翻窗逃出來的，出來後不知道往哪裡跑，看到這邊山上有手電筒光，所以就從這邊爬上山了，又見到有個洞，也沒地方躲，就乾脆進了洞，於是就碰見你們了！」

魏曉雨說這番話時神情並茂，倒是真有些像逃婚的樣子，加上她容貌又嬌俏美麗，那幾個男人似乎有些信了，這要換作周宣來說的話，那肯定是直接一槍，先賞一顆子彈再說。

不過，這些人要放了他們那也是不可能的，那個男子盯著魏曉雨漂亮的臉蛋，「嘖嘖嘖」嘆道：「妹子啊，還知道逃婚啊，不過，你這麼漂亮的一個女孩子，怎麼就跟了這麼一個窩囊男人，那多不值啊！」

「是啊是啊，哈哈，我們這裏十幾個男人，你跟哪一個都比跟他強！」

「算了，你就跟我們十一個人吧，每人來一次，包你滿意又舒服！」

十一個男人在那個年紀稍大的男人帶頭下，嘻嘻哈哈地大聲調笑起來。

魏曉雨瞇起眼睛，沒有十分動怒，這些人占嘴上便宜也由得他們，這種事她也不是沒見過，但從來就沒有哪個人真正占到過她的便宜，或許這樣還更有機會等到這些人鬆懈，然後趁機出手。

只有周宣有些擔心，這些人自然不是什麼好人，別指望他們能講什麼道義呀，同情啊什麼的，魏曉雨又長得這麼漂亮，在這樣的環境中，法制的約束和對外界的防備心理都是最低最容易破裂的時候，要是這些人真起了什麼歹心，那就麻煩了！

那個男人把手槍一指，又道：

「把背包扔下來，快點！」

周宣和魏曉雨慢慢把背包取下來，然後在這些人的眼光中扔到面前兩米遠的地方。

其中有兩個男人上前把背包打開檢查，十一個男人都盯著背包裏的東西，見到全都是些食品飲料，然後就是洗漱用具，再沒有其他東西。

看到這些東西後，這些男人倒是都相信魏曉雨所說的逃婚了。

周宣心裏暗想著，這些人身上都有那個人用冰氣改造過的訊息，但他們卻不自知，顯然那個人並沒有告訴這些人，要是說明了，那就不會有不認識他周宣的道理了！

周宣擔心著，那個人究竟藏在哪兒？是在這裏還是不在這裏？又或許是在給他設更大的陷阱？

「池毛，把這男的捆起來！」那個年紀大的男子吩咐著他旁邊的一個人，只是上前動手的卻有兩個人。

從幾個木箱子邊上撿起一捆尼龍繩來，然後上前把周宣的手扭到身後捆起來，捆的時候還特別用力，一邊捆一邊罵道：

「你這小子，長得不怎樣，騙女人倒是挺有本事，這麼漂亮一個女孩家被你騙走了，真他媽的不公平，老子長得比你順眼多了，就找不到一個好看的女人！」

這傢伙把一腔怒火全撒在了周宣身上，周宣任由他倆動手，這時候還是不敢把繩索轉化吞噬掉。

他暗中試了一下，除了那十一個人和他們身上的手槍不能轉化吞噬外，其他東西是沒問題的，比如這條尼龍繩就可以轉化，只是周宣這個時候還不敢反抗，在沒有把握把這十一個人同時控制住的話，他是不敢動手的，否則只會對自己和魏曉雨造成傷害。

魏曉雨眼見周宣被那兩個男人用尼龍繩緊緊捆住，忍不住焦急起來。

把周宣捆起來後，那個年紀稍大的男人笑道：

「好，把這傢伙扔到邊上，兄弟們，這妞確實不錯，哪個看了不心動的就不是男人，只是你們也知道，他們看到了我們的秘密，要活著放出去是不可能了，就這麼殺了也可惜，兄弟們上吧，上了再殺！」

說完還嘆了口氣，「唉，太漂亮了，殺了實在是可惜！」

他這麼一說，幾個男人眼睛都放起光來！

在這個深幽的山洞裏，就算叫破了天也沒有人聽得到，別說叫，就是他們十一個人亂槍齊發，在山洞外也聽不到半點聲音！

周宣一下子緊張起來，要是這些男人現在就動手侮辱魏曉雨的話，說不得他就只能拼命了！

魏曉雨自然也容不得身邊男人向她身上伸髒手的，抬腳就踢翻兩個，跟著腳尖迅速把其中一個男人手上的槍踢到空中，又在刹那間把手槍握到手中，落下時擋在了周宣身前，手槍對著對面的男人，說道：

「誰動我就開槍！」

那個年紀大些的男子怔了怔，但隨即沉聲道：

「喲，還真是走眼了，原來真的是警察啊！哼哼，你一支槍，我們這邊可是有十支手槍，你能在一秒鐘內打死幾個？」

魏曉雨毫不爲所動，手槍指著他冷冷道：

「不管能打死幾個，但我能保證一定會打死你，你信不信？」

那男人沉默了一下，臉上有些不自在，從魏曉雨臉上的表情他知道，這個看起來極漂亮的女孩子絕不是開玩笑的，他還真是看錯了。

要說男人對漂亮的女人是天生容易放鬆警惕的，更何況是魏曉雨這種漂亮到極點的女孩子，誰能想到，她這麼個嬌滴滴的模樣，身手竟然如此厲害，那兩個給她踢倒的男子，此刻還沒能爬起身來！

但那個男人最終還是沒鬆口，臉上肌肉扭動了幾下，喝道：

「好，你這麼漂亮的女人都不怕死，老子怕什麼，兄弟們，先把那個男的幹掉！」

那個領頭模樣的男子一吩咐，十把槍有七把對著魏曉雨，有三把偏了槍口對準了周宣。

第一七七章

鬼面人

在左側三十米左右的地方，有一個穿一身黑西服的男人，
只是臉上戴了一個鬼面具，瞧不出來是誰。
周宣冰氣跟對方的氣息一對碰，馬上就肯定了，
這個人就是跟他一樣擁有同樣異能的人！

魏曉雨額頭涔出了細粒汗珠，要是真動起手來，憑她的身手，也許能避開要害，再把對手打傷打死，雖然沒有絕對把握，但也敢搏一下，不過對方把目標分到了周宣身上，她就沉不住氣了，周宣這個時候還反捆著手，閃躲肯定會受到影響，再說，他的身手絕對沒有子彈快！

那個男人一見魏曉雨的表情，心中一喜，原來這個女人的弱點，是記掛著這個男人！有了弱點就好說！那個男人嘿嘿一笑，道：

「你要跟我同歸於盡是不是？好，我不反對，兄弟，先開槍把那男的幹掉，給我打成蜂窩！」

又分了兩支手槍對著周宣，這群人準備開槍動手的樣子讓魏曉雨終於軟了下來，她隨即把手槍一扔，說道：

「好，我扔了！」

心裏明知道這些男人不會放過她跟周宣，但這緊要關頭，還是先保住周宣的命再說，要是那幾個人真開槍了，那後悔的還是她！

周宣早暗中把尼龍繩結頭轉化弄斷了，只是手指仍然把繩索捏著，沒有讓那些人看到，不過那些男人也沒有注意到他，因爲捆的時候，那兩個男人可是花了狠力捆的，要依正常的想法，自然不會想到周宣會把繩索弄斷了。

只是周宣也焦急著，對面這些人和他們手裏的槍，那可是自己轉化不了的，魏曉雨又扔了槍，局面又回到了最開始那個糟糕的狀態！

不過周宣心裏還是很感動，魏曉雨竟然會爲了他，不惜連女人最看重的東西都不顧了！

那中年男人臉上肌肉又動了動，抹了一把額頭上的汗水，惱道：

「奶奶的，兩個人連個女人都對付不了，真丟他娘的臉！」

話雖是如此說，但他知道，不要說他那兩個手下，就是他自己，或者是再加多兩個人，只怕都不是魏曉雨的對手，這一點，他的眼力還是有的。

惱了一聲，那中年男人又道：

「你們幾個，把這女的也捆起來！」

在七八支手槍的脅迫下，魏曉雨也沒辦法反抗，反正還不是動手凌辱她，也還不至於不能忍受。

上前的兩個男人，正是被魏曉雨踢傷的那兩個，一股子的邪念，他們暗暗念叨著，給自己打氣：別看這個女人楚楚可憐的樣子，但千萬不能可憐她，這個女人是能要命的！

那兩個男人把魏曉雨雙手捆上後，想了想，又蹲下身把她一雙腳捆上，心想：這樣要是再動手剝她衣服褲子，那就是輕而易舉了，也不用擔心魏曉雨會反抗了。

周宣焦急起來，這些人的想法顯而易見，當然，這主要也怨魏曉雨長得太漂亮了，要是長得跟豬八戒一般模樣，那些人自然就對她沒有半分邪念了。

那中年男人伸手制止道：「等一下，先別動她……」沉吟了一下，然後盯著周宣又道：

「把那個男的幹掉！」

魏曉雨臉色一下子煞白，手腳又動彈不得，瞧著一個男的舉起了手槍瞄向周宣，忍不住叫道：「周宣，周宣！」

「慢著，等一下！」

那中年男子一聽到魏曉雨情急之下大聲叫著「周宣」這兩個字，趕緊一揮手制止住那個準備開槍的人，然後凝神盯著周宣道：

「你的名字叫周宣？你就是周宣？」

周宣心裏忽然有種不妙的感覺，身體裏的冰氣湧動不休，閉上了眼感覺起來。

那中年男人眼裏惱怒頓起，周宣顯然沒將他瞧在眼裏，在這樣的情景下，竟然閉起了眼睛裝大！

周宣睜開了眼，瞧著那中年男人，問道：

「我就是周宣，你認識我？」

那個中年男人沉吟了一下，把手中的槍轉了一下圈，皺了皺眉，然後說道：

「我不認識你，但有個人讓我給你帶一封信，……真是奇怪了，還真有這麼一個人找來了？」

周宣和魏曉雨都是怔了怔，周宣又問道：

「什麼信？誰讓你帶給我的？」

驀地裏轉頭瞧向左面的方向，周宣這個動作讓那些男人都跟著瞧了過去。

在左側三十米左右的地方，有一個穿一身黑西服的男人，只是臉上戴了一個鬼面具，瞧不出來是誰。

周宣冰氣感應到的就是這個地方，但冰氣到了那個人身前一米的地方時，就再也無法前行一丁點，而跟對方的氣息一對碰，馬上就肯定了，這個人就是跟他一樣擁有同樣異能的人！

周宣還在吃驚當中時，他對面的那些男人已經叫道：

「誰，打死他！」

鬼面具雙手一揚，周宣就知道不好了，在這刹那間，那個戴鬼面具的人身上的冰氣異能滾滾而出，把這方圓十幾個平方以內的地面都轉化吞噬掉了！

那十一個男人還沒開槍，卻腳底下一空，就像樓板斷掉了一般，眾人一起向下墜落，十一個男人再加上周宣和魏曉雨，統統墜入黑咕隆咚的無底深淵！

其實地底下是空的，周宣早探測到了，剛剛還想著把魏曉雨挨近一點，等那十一個男人隔得稍遠一些的時候，再把他們的腳底岩石轉化吞噬掉，只要把握住方位距離，就能把這些人掉進地下那不可探測的地洞中。

但那個領頭的中年男人忽然掏出那麼一封信來，周宣就湧起了無比的好奇心理，到底是哪一個人給他寫的信？信裏又寫了什麼？還有，這個寫信的人與那個會冰氣的人，會不會是同一個人？

只是周宣萬萬沒想到的是，那個擁有冰氣異能的人，竟然在這個時候出現了，出現在他的面前！

周宣在心神激蕩的時候，一心只想著想把這個人的鬼面具摘掉，想看看他背後隱藏的面容，但他的冰氣無法運到這個人的身體上，沒辦法做到想做的事！

而周宣也想不到那個戴鬼面具的人竟然運冰氣，搶先把他們腳下的地面給轉化吞噬了，他的冰氣有同樣的功能，卻不能把轉化吞噬掉的地面又變化出來，在剎那之間，便掉落進黑暗中！

周宣雖然中了陷阱，但在掉下去的那一剎那，猛一把抓住了魏曉雨，同時把她手上腳上的尼龍繩弄斷掉，把她緊緊抱在懷中。

在無盡的黑暗中，那十一個男人大呼小叫著，周宣心裏雖然恐懼，但眼前該做的還是要做，盡力把冰氣全數運起，探測到身下的空間，不過沒有一絲半點的光線，什麼都瞧不見。

魏曉雨把周宣抱得緊緊的，耳邊儘是呼啦啦的風聲，刺得臉生疼。

下落的速度飛快，周宣把冰氣凝成束，這樣冰氣探測的距離可以達到兩百米遠近，腦中如電光石火一般。

下墜的速度至少已經達到一秒六七米，而下探的冰氣已經探到底了，從上面墜下的這七八秒時間中，可以估計到，這個深暗的地下洞大概有三百米左右的深度！

這是一個如尖錐一樣的洞，上頭尖小，下面逐漸寬大，到洞底處已經寬至一百多米左右，呈三百個平方一般寬大的圓形地面，五分之四的地方是水，而五分之一的地方是岩石。

周宣用冰氣又探測到，他們落下的地面正好是一片岩石，又因為周宣心裏有數，雖然危急，但還是做了些防護措施，此刻把腿張開，稍稍延緩一些下降的速度，落在那十一個男人的後面。

周宣凝神屏住氣息，把冰氣垂直逼往身下，在接近四十米的時候，盡全力把身下面的岩石轉化吞噬，但因為轉化的岩石太過龐大和深厚，在吞噬掉的時候，身體中如同被人拿鍾重擊到胸口，「哇」的一聲，一口鮮血狂噴而出！

就在他轉化吞噬掉地面上方圓七八個平方、深達七八米範圍的岩石後，另一邊深潭中的水狂湧過來，緊接著劈哩啪啦無數聲響，七個男人重重摔在岩石上變成肉泥，另外四個男人摔進水中，其中兩個男人是緊挨著岩石壁掉進水中的，頭被堅硬冰冷的岩石碰撞得稀爛。只有兩個男人運氣較好，直接掉進水中。

而周宣是計算好的，徑直掉進了他轉化吞噬掉的水中。

周宣在要掉落水中前，已經把魏曉雨抱在懷中，掉進水中的那一剎那，承受重力的是他的屁股，而魏曉雨則是整張臉都被周宣緊摟在懷中，入水的那一刻，也沒有被水激嗆到。

周宣卻在與水面猛烈撞擊的那一下暈過去了。

當然，如果只是從高空落入水中，只要沒受到剛剛那一下重傷，以冰氣護身，他還是承受得了，但重傷之下，冰氣的護體能力減弱得厲害。

所有的人中，只有魏曉雨一個人沒受到影響。

入水後，冰冷的潭水刺激得她機靈靈打了一個冷顫，嘴裏叫不出，但感覺到緊摟著她的周宣，雙臂卻鬆了。

魏曉雨再一掙，便掙開了周宣的摟抱，不過，周宣卻沒有任何反應地繼續往水下沉去。

魏曉雨趕緊把他拉住，然後拼盡力氣往上游。

幾秒鐘過後，「嘩啦」一聲鑽出水面，緊接著又把周宣托出水面，這才急急叫道：

「周宣，周宣，你怎麼樣了？」

周宣沒有回答，身子軟軟的，魏曉雨十分害怕，趕緊用另一隻手試探著他的鼻息，好在雖然氣息微弱，但還有一絲微息。

魏曉雨一手托著周宣，一手划動著，然後往邊上摸著游去，因爲瞧不見半點光亮，東南西北都不知道。

不過在水中的身體可以感覺得到，左邊的水往右邊晃動，魏曉雨估計到左邊是大水潭，右邊是岸，也就往右邊的方向游去。

本來她跟周宣墜落下來時，這一塊就是陸地岩石，被轉化吞噬的地面並不是很寬，也就七八個平方，幾米的距離，往右邊的方向只游了四米多遠便碰到了岩石。

魏曉雨大喜，急忙先把周宣往岩石上推，用力把他推上去後，然後自己才爬上去，游這麼短短的幾米就累得她直喘氣，眼睛裏瞧不見任何東西，也不敢把周宣的手鬆開，把周宣緊緊地拉著。

雖然身體沒有力氣，但魏曉雨還是喘著氣趕緊坐起來，伸手捧著周宣的臉，急急地叫道：

「周宣周宣……你醒醒，你醒醒！」

只是周宣顯然這時醒不過來，魏曉雨不知道周宣是因爲使用冰氣過劇而受了重傷，以爲他只是跟她一樣，在掉進水潭後被水給嗆到了。

叫了幾聲後，周宣仍未醒過來，魏曉雨就伏下身子給周宣做人工呼吸。不過周宣嘴裏湧出來的液體，帶著一股鹹鹹腥腥的味道，不太像是水。魏曉雨剛剛在水潭中游動時，嘴裏曾被水潭中的水濺到，嘗了一口，水潭中的水又冷又冰，但肯定是乾淨的淡水！

但四周什麼都看不到，魏曉雨急得快哭了，剛剛在上面墜落的那一剎那，她並不知道到底是什麼原因。

當然，除了周宣和那個使用冰氣陷害他們的人外，其他人都不知道發生了什麼事，地面忽然塌陷，又沒有聽到爆炸聲，歸結到底，他們只會以爲地底下是空的，而他們在上面因爲人太多太重，所以把這個地方壓塌了！

包括魏曉雨也是一樣的想法。現在，魏曉雨帶著哭腔一邊做人工呼吸，一邊叫著周宣的名字。

周宣終於輕輕在鼻中「唔」了一聲，魏曉雨大喜，眼淚止不住流了出來，低聲問道：

「周宣……你……你還好嗎？」

周宣沒有回答，但魏曉雨卻聽到三四米遠的地方，水「嘩啦嘩啦」地響了好幾下，接著有人爬上岩石，似乎是有兩個人，一邊咳著一邊叫道：

「郭老大，張成……都在嗎？……你們……你們在哪兒？」

聽這聲音就很害怕，聲音打著顫，不知道這黑乎乎的無底深坑裏，會有什麼樣恐怖的東西等著他們，也不知道還有多少人在。

魏曉雨不知道四周的情況，也不知道這裏面到底是什麼樣子，有沒有別的危險，但至少知道有兩個對方的人爬上來了。

因為周宣不能動彈，她也不敢大聲叫，只是伸手捏緊了周宣的手，另一隻手撫著周宣的臉，感受著他微微的呼吸，生怕他的呼吸就此停住了。

其實魏曉雨並沒有必要害怕，那兩個僅存的男人在這麼高的地方摔進水中，又摸不清情況，自然就不可能像周宣那麼有準備，在與水面撞擊的那一下，身體已經受了嚴重的內傷，雖然爬上了岸，但如果沒有及時的治療，依然會傷重而死。

正在魏曉雨害怕的時候，周宣已經幽然醒來，審了審自己的身體，知道自己受了極重的內傷，而冰氣也在下墜轉化吞噬岩石的時候，用力過劇過猛，不僅是受重傷，冰氣也損耗了八九成，這時候，只能微弱地探測到四五米遠。

但就是這四五米遠的範圍，周宣探測到右邊靠岩石壁處，他們的背包正掉落在那兒！

周宣喘了一下，才對魏曉雨輕輕說道：

「曉雨……」

「我……我在，我在這兒！」魏曉雨聽到周宣叫喚她，一時激動得聲音都有些顫抖了。

「你……」周宣掙扎了一下才道：「你往右邊摸過去，大約四米多遠的地方，我們的背包落在那兒，裏面有我們買的那兩支手電筒！」

「哦……那我過去……可是可……」魏曉雨擔心地問著，「可是你……」

魏曉雨雖然沒說出來，但周宣明白她的意思，把魏曉雨的手輕輕捏了一下，輕聲道：「別擔心，我沒事，落水的時候受了震動，身子還沒恢復，休息幾個小時就沒事了！」

魏曉雨又貼著他的耳朵說道：「你要小心，那邊有兩個人爬上來了，我過去馬上就回來！」

魏曉雨也沒問周宣爲什麼就肯定背包落在岩石邊，但只要是周宣說的話她就會依從。

或許是周宣受了重傷的原因吧，在墜落下來的時候，魏曉雨是本著一定會死的想法的，但周宣把她抱在懷中，沒讓她受到半點傷害。

如果一起死了，那她也不想那麼多了，但卻偏偏又活了下來，魏曉雨心中對周宣除了愛意，還是愛意！

聽到爬上岸的那兩個人沒什麼動靜，魏曉雨就輕輕捏了一下周宣的手，暗中示意了一下，然後才悄悄往右邊爬過去。

到了四米多的地方，魏曉雨伸出手的時候，就觸到了背包，心裏一喜，手拉著背包，輕輕地拖到身前，然後用極輕的手法把背包打開。

只是摸了一會兒沒摸到，背包裏面軟軟的全是食品餅乾，她知道這個背包是她自己背的那一個，手電筒是放在周宣背著的那個背包中。趕緊伸手又摸過去，隔了半米遠的距離，緊貼著冰冷的岩石壁邊，周宣的背包就擱在那兒。

魏曉雨咬著牙，先爬近了一步，再把背包拉鏈打開，伸手進去摸到了兩支手電筒。還好，因爲背包裏裝的都是食品飲料的，手電筒還好好的，只是能不能打亮還不知道。

魏曉雨不明白現在的情況到底是怎麼樣，既然她跟周宣摔下來都還活著，那其他人可能也一樣，而且，她聽到了有人從水潭裏爬上來的聲音，所以即使拿到了手電筒，她也不敢打開，把兩個背包一手一個，然後悄無聲息爬了回來。

周宣身體的傷很重，冰氣只剩微弱的一點，冰氣暫時還不能療傷，只能先恢復冰氣能力。可惜沒有晶體在身，否則的話，只要一晚上就可以恢復冰氣，但現在這個樣子，估計最少要幾天，也許要更長時間才能恢復傷勢。

只是在這種環境下，還不知道究竟是什麼情況，還有沒有別的危險？如果不能儘快恢復冰氣異能，也不知道能不能活下去？

第一七八章
地下洞窟

岩石下面，全是深不見底的潭水，
頭頂上，弧形的岩壁延伸到頂上，從大逐漸變小，到三百餘米處，
就剩下一個不足十平方的小口子，那裏就是他們掉下來的地方！
這裏是一個不為世人所知道的地下洞窟。

周宣現在幾乎不能動彈，但他在落下的時候，冰氣探測得十分清楚，另外十一個男人，有七個是活活摔死在岩石上了，有兩個落在水中，又撞死在岩石壁上，只剩下兩個人還活著，但現在跟他一樣，身受重傷，好不到哪裡去。

不過，就算這兩個人是完好無損的，那也沒有威脅，因爲他們的槍掉進了深潭中，如果僅憑他們的身手，那完全不是魏曉雨的對手。

魏曉雨爬回來後，又悄悄地對周宣說道：

「周宣，背包拿回來了，手電筒也在！」

周宣掙扎著用力說道：

「曉雨，把手電筒打開，看還能不能用？」

現在的他用不了冰氣來探測環境，只能用手電筒來觀察，最主要的是魏曉雨只能用眼睛看，所以手電筒現在最管用。

魏曉雨雖然擔心，但還是把手電筒打開試了試，兩支手電筒都是完好的，燈光很亮，因爲她跟周宣上山都沒有使用手電筒，所以這兩支手電筒的電源還很充足。

魏曉雨把手電筒關掉一支，用另一支四下裏照著，把這裏的情況先觀察了一下，這一看，頓時又驚又怕。

她所處的地方，上上下下就像一個瓶子，底部呈圓形，有三百來個平方大小，就在他們所處的這片五六十個平方的岩石上，橫七豎八躺了七具摔得很難看的屍體，周宣和另兩個從水潭中爬出來的男人都在四五米以內。岩石下面，全是綠幽幽深不見底的潭水，而頭頂上，弧形的岩壁延伸到頂上，從大逐漸變小，到三百餘米處，就剩下一個不足十平方的小口子，那裏就是他們掉下來的地方！

這裏是一個不爲世人所知道的地下洞窟。

他四下仔細又觀察了一陣，再沒有其他出路，除了頭頂的洞，只有這樣一片呈內弧形的光滑岩石壁，就算是世界上最頂尖的攀岩高手也沒辦法爬上去！

魏曉雨呆住了，又瞧了瞧另外那爬上岩石的兩個男人，顯然沒有體力了，躺在那兒直哼哼。

他們這個樣子，魏曉雨並不擔心，掉下來後，這些人的手槍顯然都摔落進深潭中了，又只剩下兩個半死不活的男人，要動手那遠不是她的對手。

除了那一汪深幽幽的大水潭，再也沒有別的出路了，魏曉雨很無奈，再瞧瞧周宣，見周宣臉上嘴邊全是血跡，嚇了一跳！

趕緊伏下身問道：

「周宣，你沒事吧……？」

周宣喘了喘氣然後低聲道：

「我沒事，只是需要時間來恢復，你不用擔心，等我傷好後再來想法子找出路。你把背包裹的食品收好，這是我們在這裏的最後的食物。」

魏曉雨點點頭，把背包裹的食物檢查了一下，背包摔下來，食品都是塑膠袋封好的，麵包餅乾只是扁了或者碎了，但吃是不影響的。

周宣躺著，努力凝聚殘餘的冰氣，但很吃力，從身體中的感覺就知道，要將冰氣恢復到原來的程度，至少要一個星期，就算恢復一半，至少也要三四天，摔下來的時候，因爲受到強大的壓迫力，因而受傷才會那麼重。

另外，那兩個男人與水面撞擊時，身體受了極大的震動，內臟移位，如果不能在醫院裏接受治療，必死無疑。但在這裏自然是沒辦法治療的。

周宣倒是可以幫他們醫治，但現在，他自顧尚且不暇，自然沒辦法幫他們治療，而且就算他身體完好，也要看是什麼情況，如果只是在這個空間，也不會去做爛好人，自己不殺他們算是客氣了，由他們自生自滅了。

「周宣，你現在要吃點東西嗎？」

魏曉雨不再理其他事，反正也出不去這個鬼地方，她一顆心就只全放在了周宣身上。

周宣輕輕搖了搖頭，瞧見魏曉雨擔心的樣子，一身衣服濕透，烏黑的髮絲上還滴著水，一張臉蛋雪也似的白，嘴唇凍得烏青。

「曉雨……」周宣微微伸出手。

魏曉雨趕緊握著他的手，顫聲問道：

「你……別嚇我……」

周宣卻是沒再說話，凝神運起最後一點冰氣，強行把魏曉雨身上的濕衣中的水分轉化吞噬掉，冰氣在魏曉雨身體中運轉了一下，把寒氣驅走。

魏曉雨只是緊張周宣，沒注意到自己身上的衣服變乾了，但見周宣頭一歪，又暈了過去。

周宣再次醒過來的時候，只覺得臉上滴水，嘴裏鹹鹹的，睜開眼就見到魏曉雨蒼白無血色的一張臉，淚水一顆一顆滴落在他臉上。

周宣嘴唇動了動，艱難地說道：

「你哭什麼，過幾天我就好了，那時再想法子出去。」

魏曉雨泣道：「這裏叫天不應叫地不靈的，又是在離洞外上千米的深洞，有什麼人會在半夜凌晨鑽進洞裏來？再說了，你還能想什麼法子？」

周宣不曾想過魏曉雨這麼軟弱和小女人的樣子，恐怕所有人都想不到，能親眼看到魏曉雨流淚哭泣的樣子，只怕周宣是第一個了。

其實魏曉雨的確是很堅強的，比起絕大多數男人來，她一個女孩子算得上是出類拔萃的了，只是現在落到這種地方，要活下去只怕是很難，等到背包裏的食物消耗完的時候，也許就是她跟周宣去見死神的時候了！

只是雖然絕望，但能跟日思夜想的男人在一起，哪怕是一起死，那也是幸福的，比起她羨慕嫉妒的傅盈，她算是贏了，傅盈占盡了上風，但那又怎麼樣？最愛的男人在死的時候卻是跟她在一起的！

越想越是心痛，但同樣也有幸福的感覺，周宣在墜入這個深淵中時，是那樣奮不顧身地護著她，所以她掉進水中後，基本上沒受到半點傷。

可她更擔心的是周宣會死，周宣的樣子太嚇人了，沉吟了一會兒，又見到周宣疲累到極點的樣子，趕緊低聲道：

「你休息一下，別再說話！」

想了想，魏曉雨又轉過去，把摔死的幾個人的外衣除了下來，在冰涼的岩石上鋪墊開，然後再把周宣扶到上面躺下，再將衣服蓋到他身上。就在這時她才突然發現，怎麼她跟周宣的衣服都是乾的？

不是才剛剛從水裏爬上來的麼？剛剛自己還凍得嘴唇直打顫，現在卻遠沒有落在水裏那會兒的那般感覺了，要是那樣，恐怕根本挨不過一天半日就會凍壞了，這裏真是太冷了！

魏曉雨覺得自己大概有些昏頭了，搞不清到底發生了什麼事，難道是記憶和神經都發生了問題？

「救命……救命啊……」

沉思中的魏曉雨忽然被另外那兩個男人的呼救聲驚醒，抬眼看去，只見那兩個男人掙扎著爬起身，臉色又蒼白又恐懼，就著魏曉雨手中的手電筒光打量著這洞底的環境，一邊顫顫地叫救命！

「叫什麼叫？叫也沒有人來救你，省點力氣吧！」魏曉雨冷冷喝道，說出來的話讓她自己也感覺到驚奇，她怎麼就像若無其事一般呢？

似乎從心底裏還有一絲竊喜，難道她願意掉進這個鬼地方？願意跟著周宣在這個地方消失在人世間？否則哪會這樣若無其事，簡直像旁觀者一般，跟那兩個男人說話？

那兩個男人路都走不動，剛剛從水裏爬上岸已經是費盡了全身所有的力氣，這時候，就算是有個小孩子輕輕伸手指一推，也能把他們推倒！

周宣嘆息了一聲，然後說道：

「曉雨，給他們一人一塊麵包，一瓶水，生死有命，隨他們自生自滅吧。然後把手電筒關了，要節省用電，在需要用的時候再用，不然電用盡就沒了！」

魏曉雨一呆，想了想，還是柔順地依從了周宣的話，從背包裏取了兩袋麵包扔給那兩個人，又扔了一瓶水過去。

在這裏，水倒是不缺，缺的是吃的，等到那兩個人顫著手把麵包和水拿到手中後，就把手電筒關了。

魏曉雨關掉手電筒後，渾然不顧害羞，拉起外衣躺下去，然後緊緊抱著周宣，把頭依偎在他懷中，反正是一個死，就算只有幾天工夫，她也不想再隱藏自己的感情。

在家裏，或者就算是平時，魏曉雨也不敢把心事表露出來，她怕傷害到妹妹曉晴，雖然她跟妹妹一樣，周宣不可能會喜歡她們，但她還是不敢在妹妹面前提起。可現在不同了，她跟周宣沒辦法出得了這個地方，背包中的食物也許最多能撐一個星期，一個星期後就沒有吃的了，她不能想像，在手電筒和食物都用盡了的時候，她跟周宣會怎麼死？

周宣閉上眼想著事，雖然懷中的魏曉雨溫暖柔順的身體很有誘惑力，但他不能動這個心，而且腦中始終好像覺得有一件事還沒完成，使勁想著。

魏曉雨依偎在周宣的懷中，右手緊緊跟周宣的左手五指交叉握著，左手指尖輕輕在周宣胸口上畫著圈。

周宣懷中柔軟，鼻中聞著醉人的女孩體香，忽然間腦中電光一閃，身子一顫，趕緊對魏曉雨說道：「曉雨曉雨……」

魏曉雨一驚，趕緊坐起身來，打開手電筒問道：

「什麼事……？」

周宣指著那幾具摔死的屍體道：

「曉雨，你再找找那個中年男人的屍體，他身上有一封信，我……我要看那封信！」

周宣的話立即讓魏曉雨想起了之前的事，在掉下來之前，那個好像是頭頭的中年男人拿了一封信，說是要給周宣的，當時她也覺得古怪，爲什麼這個人會知道周宣？

如果是之前，魏曉雨或許會認爲周宣跟這些人有勾結，但現在她絕對沒有那個想法，只是周宣身上的疑點太多，顯得格外神秘，但不管怎麼樣，周宣在她心中的分量只有更加的重，無論周宣多麼神秘，有多少事她不知道，她也明白，周宣不是害她的人。

魏曉雨拿著手電筒到那堆屍體中去尋找。周宣又掙扎著道：

「靠岩石壁邊的第三個，就是那個！」

魏曉雨正在瞧著，這裡總共有七具屍體，這些人的腦袋都摔變形了，根本就認不出是哪一個，周宣說是第三個，她也沒多想，就朝岩石壁邊第三具屍體找過去。

這具屍體同樣是認不清，腦漿血跡一片都是，魏曉雨強忍著心頭的不適，伸手在屍體的胸口衣袋裏掏了掏，果然掏出一封黃皮紙封的信封。

魏曉雨拿著信封奇怪地走回來，不知道裏面寫的會是什麼。

周宣很吃力地道：「曉雨，你把信封打開，看看裏面寫些什麼？」

魏曉雨自然好奇，伸手把信封口邊撕了窄窄的一條，然後在信封裏摸了一下，裏面有一張白色的信紙。

信紙折疊了幾層，魏曉雨輕巧的把信紙打開，就著手電光瞧著，上面寫了幾行字：

「周宣，在你看到這封信的時候，我確信你已經掉入了我的陷阱中，怎麼樣？死亡的滋味好不好受？在享受了一切後再死，你也不算冤了，而且還有十一個人給你陪葬，在那洞裏也有伴，當然，也許你有機會再逃出來，一切看你了，我等著你——你的敵人！」

魏曉雨呆了一會兒，看到周宣等待的目光才醒悟過來，當即輕聲念了出來。

聽完後，周宣陷入了沉思中，看來這個人還真是衝著他來的，只是這個人會是誰呢？

這個人顯然是認識他的，只是周宣硬是想不出來是哪一個，因爲要會冰氣異能可不是這麼容易的，能通過金黃石得到異能的可能最大，只是這金黃石可是比鑽石珍珠等極品的寶物都要難尋，而且如果沒有冰氣異能在身，即使拿到他那顆晶體也沒有用，沒有異能在身，那晶體就跟普通玻璃沒半分區別！

只是這個人，究竟是誰呢？

周宣剎那間在腦子裏把所有認識的人都過濾了一遍，仍然不覺得哪一個人會跟這個人相像。

魏曉雨心裏的疑問更多，把手電筒關了，然後又跟周宣躺在了一起，附著他的耳朵悄悄問道：

「周宣，寫那封信的人是誰？我覺得你很奇怪，有很多地方讓人想不明白！」

周宣苦笑了笑，然後低聲道：

「曉雨，我知道，你有很多地方想不明白吧，比如我們去城裏博物館瞎逛，然後又莫明其妙要到莫蔭山來，這些你都不明白，只是你沒有問我罷了，對吧？現在，你想知道嗎？這可是我的一個最大秘密！」

想著現在的情景，周宣根本沒有把握一定能逃得出去，因爲冰氣損耗太嚴重，往上沒有出路，往下又是地下水潭，天知道有沒有出口，就算再有地下陰河，誰敢保證他還能像上次一樣幸運地走出去？

再說還有魏曉雨，他不可能把她丟下一個人走，在地底下，每個地方的地勢都不會相同，如果陰河流在地下過長，就算他有冰氣異能，那一樣也會死，再加上魏曉雨，如果帶上她，周宣能維持的時間將會大大減短，要活著出去，只有更難！

而最關鍵的一個問題是，他的冰氣異能在這種情況下，根本就不能很快恢復。

這就跟一個普通人在餓了好幾天之後再讓你幹重活一樣，而且沒有食物補充，那這個人的體力很快就會消耗殆盡。

魏曉雨聽了周宣的話，低聲道：

「如果你願意說出來，我就會聽，如果你不願意說出來，那也沒關係，這個大秘密，知不知道我都無所謂，反正我現在跟你在一起，我什麼都不願意想，天塌就天塌，地陷就地陷，世界末日就世界末日吧。以前聽人說，世界末日就要降臨了，我那時還不信，不過我現在倒是想好了，就讓世界末日早點來臨吧！」

魏曉雨一口氣把心裏的話說了出來。

跟周宣把自己的感情毫無保留地表白後，她反倒是不想走出這個地方了，因爲她明白，只要一走出這個地方，周宣又會變成傅盈的周宣。

一想到這個，魏曉雨心裏就如刀絞一般的痛！

周宣不知道魏曉雨心裏想著的是這些，在這種環境下，兩個人偎在一起，那更能增加暖氣，也不覺得魏曉雨抱著他的身子有什麼不妥。

「曉雨，其實我身上的秘密並不算什麼，也許我們不能活著出去，追根到底，那都是我上了這個寫信人的當，而且，即使上了當，我還不知道這個人是誰。告訴你吧，我之所以會上這個人的當，是因爲這個人身上擁有異能！」

「異能？」

儘管魏曉雨心裏已準備好接受周宣所說的秘密，但聽到周宣說出這番話來時，還是吃了一驚，以她的見多識廣，也只在電影中見到過，在現實生活中，她一直都覺得不可能有這樣的人，什麼異能都純屬虛構！

「真有異能嗎？會是什麼樣的異能呢？隔空挪移？瞬間消失？就像電影裏那些鏡頭一樣嗎？」

周宣嘆息了一聲，又道：

「不是，那樣的異能我也沒見到過，我說的這個人，其實你應該看到了，就在我們掉下來之前，左邊不是出現了一個戴鬼面具的人嗎？那個人就是會異能的人！」

魏曉雨更是詫異，問道：

「那個人就是會異能的？你怎麼知道？」

「因爲，他就是那個給我寫這封信的人！」周宣一字一句地道：「我們之所以會落入這個深淵中，全都是他所設下的圈套！」

魏曉雨怔了怔，又問道：「既然是他設下的圈套，那也太不可思議了吧，他又怎麼知道這地底下是個深不可測的深坑？而從上面墜落的時候，我們所有人都剛好在那個洞口上面，是地面承受不住重量才塌陷的吧？又沒有爆炸，又沒有用別的工具，他也不可能隔那麼遠，能把這地面弄塌吧？再說，這地面好像也是岩石啊，沒有很大的力度是弄不破它的吧！」

「其實我要跟你說的，也就是這個！」周宣低沉地說道：

「那個戴鬼面具的人，他能夠使用一種異能，能在一定的範圍內，大概是三十米以內吧，把所有物體都轉化成黃金，並且還可以通過異能把黃金吞噬掉，我們站立的那個地方，就是他使用異能把那片岩石轉化爲黃金後再吞噬掉的，所以我們就從那兒掉落下來了！」

魏曉雨呆得半晌說不出話來，好一陣子才說道：

「會有這種能力？簡直是……太不可思議了，可是……可是……你又怎麼能肯定，他有這種能力呢？」

周宣沉默了一下，然後才回答道：

「因爲，我身上就有這種能力，那個人跟我擁有一樣的能力！」

第一七九章

打開謎團

「我明白了，原來我爺爺的末期絕症就是你治好的？
難怪！我就說嘛，現在的醫療技術那麼進步，
卻也還沒到能治好末期癌症的地步。
原來這就是你的大秘密，難怪我爺爺會對你那麼好！」

魏曉雨身子一顫，幾乎不相信自己的耳朵，如果是別人，她也是半信半疑的，但她相信周宣說的話，那是因爲相信他的人，而周宣如果只是說得含糊不清，那也不奇怪，但他說得很清楚，他自己也有這種能力，那就不應該是假話了，周宣不是個說謊的人！

「真的？周宣，你真的……真的會這種能力？」魏曉雨顫著聲音問道。

周宣嘆了一口氣，悠悠說道：

「曉雨，我的能力還不僅限於此，我能準確測出一件物品的年份和真假，比如說古玩之類的，還能通過這種能力治療很多種絕症，比如你爺爺的癌症！」

魏曉雨恍然大悟。

「我明白了，原來我爺爺的末期絕症就是你治好的？難怪！我就說嘛，現在的醫療技術那麼進步，卻也還沒到能治好末期癌症的地步，只是之前我去問爺爺和小叔，他們誰都不說，原來這就是你的大秘密！難怪我爺爺會對你那麼好！」

魏曉雨一想起這事，之前的疑問倒是全然明白了，她們一家人都對周宣那麼好，她以前就感覺到奇怪，周宣只是一個普通的鄉下人，沒理由爺爺、小叔、二叔他們會對一個陌生人那麼好，甚至比親人還親，周宣今天這樣一說，她才算想通了！

周宣又道：「我還能從別人觸摸過的物件中感應到觸摸人留下的資訊，在博物館大門上，我感應到這些人留下的訊息，所以我知道他們到了莫蔭山，不過，這都是那個人故意留下的陷阱，曉雨，對不起，都是我的自以為是，才把你帶進了這個困境中！」

魏曉雨伏在周宣的懷中，柔聲道：

「沒關係，周宣，我喜歡跟你在一起，哪怕是在這樣的環境中我都願意，只是，你真會那麼多……像你說的那種能力嗎？」

「曉雨，是真的。」周宣沉沉地說道：「曉雨，你還記得嗎，我們上山的時候，我就是用這種能力探測四周的環境的，所以沒有手電筒燈光，我依然能看得清清楚楚的。在那個洞裏的時候，那兩個人剛好出洞，我把你推到岩石上時，那個地方並沒有空隙，是我用異能把那裏轉化為黃金後再吞噬掉，才出現了那個可以容身的洞；而我們掉下來的時候，也是我先用異能探測到洞底的情況後，再把我們身下的岩石轉化吞噬掉，水流也因此迅速湧入，所以我們才沒事，只是掉進了水中！」

魏曉雨怔得像個木偶，好半天還沒反應過來，然後又想到，還真是那麼回事啊，現在回想起來，如果按周宣自己說的那樣，那一切的謎底都能迎刃而解了！

周宣又嘆道：「我想到要上山，所以準備了這些食品飲料，可是卻沒料到這是一個陷阱，也沒想到我會受這麼重的傷，現在我沒有半分把握能從這個地方活著出去了！」

魏曉雨不再說話，只是伏在周宣胸口上溫柔地貼著，是生是死，她都不再去考慮。

這個情形其實很詭異，換作一般的女孩子，沒有不害怕的，掉落進這樣一個不可能爬上去的深洞裏，又沒有別的出路，身邊除了黑暗寂寞，就是九具屍體，還有兩個奄奄一息的傷者，還有比這更陌生更恐懼的地方嗎？誰知道會不會從黑暗中忽然跳出一頭吃人的怪獸呢？

魏曉雨就與周宣這麼相擁著慢慢睡過去，而另一邊，那兩個男人一邊低聲呻吟，一邊說著話，只是話說得很艱難，到後來，話聲漸漸低了下去，最終完全消失。

周宣醒過來後，懷中的魏曉雨還安靜地伏在他懷中，呼吸輕微。周宣冰氣雖然微弱，但經過這幾個小時的恢復，稍微好一些。

冰氣能探測到魏曉雨甜美的面容，雖然身處這麼危險的環境中，但在睡夢中卻是笑靨盈盈，渾然沒有那種身陷絕境的害怕。

也不知道過了多少時間，手機在掉入水中後也被浸壞了，不知道時間，但感覺至少是過了六七個小時吧，魏曉雨因爲太累，又擔心周宣，在放下心後，伏在他懷中睡得很甜。

周宣運起微弱的冰氣探測著另外那兩個男人，還好冰氣剛好能到這個距離，探測到那兩個人身上時，他心裏一沉，這兩個男人身體已經都僵硬了，心跳早停止了，魏曉雨扔過去的兩塊麵包，他們只吃了一小半！

周宣嘆息了一下，也沒有叫醒魏曉雨。這個時候，他唯一能做的就是加緊把冰氣恢復，就算是恢復到一半的程度，那也能起到大作用，總比現在這樣不死不活的樣子要好得多了。

只是沒有晶體那麼威猛龐大的冰氣能量來吸收，僅憑自己一點一滴來恢復，那就要難得多了，也慢得多了。

周宣努力練著冰氣異能，懷中的魏曉雨扭了一下身子，把周宣摟得更緊了，嘴裏低聲地說著夢囈般的話語：

「妹妹，對不起……妹妹對不起……」

周宣不知道她在做什麼樣的夢，也不知道她哪裡對不起魏曉晴了，但冰氣測到她臉上淚水漣漣，似乎是很痛苦很痛苦的表情。

周宣嘆了一下，又覺得魏曉雨身子縮了縮，睡夢中覺得很冷，趕緊把外衣全部蓋到了她身上，又運起冰氣在她體內轉了兩圈。

又練了兩三個小時，這次腦子清醒一些，感覺得到大概是這個時間，懷中的魏曉雨終於幽幽醒過來！

魏曉雨醒過來的第一件事，就是把臉觸到周宣的臉上，感覺一下他的溫度和鼻息，周宣是醒著的，當然知道，低聲問道：

「曉雨，你醒了？」

魏曉雨不習慣這樣黑暗的環境，摸到手電筒，打開來，看到周宣的臉色比掉下來的時候要好得多了，這才放心了些，坐起身，又照著另外那兩個男人瞧了瞧。

周宣嘆道：「曉雨，不用看了，那兩個男人已經死了，現在就只剩我們兩個人了！」

雖然那兩個男人受了重傷，根本就沒有什麼行動能力，但好歹也是兩個活人，在這無盡的黑暗中，還是感覺好一些，這時這兩個人一死，就只剩他們了，魏曉雨一陣發顫，再把手電筒照著四下裏看了看，依然是那麼多的屍體和水潭，頭頂是黑乎乎的空間。

兩個人一不說話，這地方就是一片死寂，魏曉雨膽怯地又挨著周宣坐了下來。待了一會兒，慢慢現出了女孩子的本性來，也只有在這個時候，周宣才看到魏曉雨的本來面目。

魏曉雨從背包裏取了麵包餅乾出來，撕開袋子，取出一塊麵包來遞給周宣，又打開一瓶礦泉水給他，說道：

「周宣，吃一口，喝點水，別咽著！」

周宣自然也不客氣，吃了一點麵包，又喝了一點水，魏曉雨自己也少少吃了一點。

吃完麵包喝完水，周宣又繼續練冰氣恢復，除了這個，他也不能幹別的，魏曉雨就有一句沒一句地跟他閒聊，問問家裏的事，小時候的事，又怎麼會擁有這種異能的，就只沒有觸及到傅盈的話題，在這個事上，魏曉雨不想去碰及，何必讓自己不開心。

周宣一邊練著冰氣，一邊又回答著魏曉雨的問話，老老實實地說著那些事，好在他這個冰氣恢復不像練什麼高深內功一樣，不能分心，一旦分心就會出什麼大問題。練習冰氣在睡覺和玩耍之間都能進行，只是周宣喜歡在安靜的時候練，主要是不喜歡被外人看到和知曉。

魏曉雨關了手電筒跟周宣聊著，再睡了一覺後醒來，周宣的冰氣已經恢復有兩成左右了，還不能夠轉化吞噬大的物體，也不能夠持久，但探測和起身行動卻是沒有問題了，估計在這個地方也過了兩天。

他因為有冰氣探測，有兩成的冰氣也能探測到十五六米遠的距離，不用手電筒也沒有問題，但魏曉雨就不行，不過魏曉雨很節省，只在必需或者忍不住的時候才打開手電筒，其餘的時候都是關著的，但就這樣，那一支手電筒的電源也幾乎用得快沒了，剩下一支根本就不敢動。

能自由行動了，周宣就把那十一具屍體全部推到了水潭中沉下去，擺在岩石上怕魏曉雨害怕。

魏曉雨拿著手電筒，看著周宣做這些事，一具具的屍體給推到水潭中濺起高高的水花，魏曉雨心中也一陣一陣的發涼，她跟周宣又會在什麼時候成為最後的兩具屍體呢？

周宣把屍體都推下水潭後，再用冰氣探測了一下水潭的深度，很可怕，水潭裏很深，周宣的冰氣探到十四五米以下還沒有觸到底。不過，在探測到的潭水中倒是沒有暗流，水潭中的水不是死水，顯然別的地方還有陰河流水，只是不激烈，流動不強。

而這個水潭中，周宣也沒測到有什麼特別的生物，裏面有一些數量很少的小魚。

周宣想了想，然後對魏曉雨道：

「曉雨，我現在身體裏的傷勢基本上是好了，也行動自如，我想到水裏面游一圈，探測一下環境，因爲這水不是死水，但水潭不漲高不減少，我相信肯定是有別的流水進出，我下去看看！」

魏曉雨嚇了一跳，趕緊拉著周宣堅決搖著頭：

「不行不行，這水裏面太可怕了，又不知道有多深，裏面也不知道有沒有古怪的東西，不能去！」

周宣笑笑道：「曉雨，也沒有那麼可怕，我的異能現在恢復了兩成左右，能探測到十五米遠的距離，下水後周圍十五米的危險我都能掌握，如果有什麼東西，我立馬就能將它轉化，所以不會有什麼危險，而且我們不去找出路，那又怎麼能出去？」

魏曉雨愣了愣，臉上儘是擔心的表情，但周宣說的話也是，既然他有那個能力，確實又如他所說，十五米以內還盡在他的掌握之中，又看到周宣的表情也很堅決，想必也不能阻止，想了想，只能囑咐道：

「那……你一定要小心，如果有什麼危險就趕緊往這邊游！」

周宣微笑著安慰著魏曉雨：「別擔心，沒事的，我心裏有數！」

其實周宣只恢復兩成左右的冰氣能力，若要轉化大的物體肯定是不行，會支持不住的，但如果當真遇到在美國天坑底遇見的那種怪獸，倒也並不需要將牠全身轉化，只要把牠身上關鍵的地方，如心臟、腦子轉化一下，就足以殺死牠，而且也並不需要損耗太多冰氣。

水潭中的溫度不高，大約只有兩三度，魏曉雨感覺得到，在這個溫度，一般人掉進水裏去，如果待上十幾分鐘就會被凍傷，更別說在這潭中圍著邊上游一圈了，看距離，游一圈至少得十幾二十分鐘。

不過，周宣冰氣護體的能力很強，這個溫度還不足以對他造成傷害。

周宣不願再把衣服弄濕，而且穿著這麼厚的衣服下水，游泳速度會受到極大影響，如果水中的生物有危險，而且數量眾多的話，還會引起大麻煩，像以前在美國天坑底遇見的那種龐大兇悍的怪獸，一隻兩隻是不怕，但如果來的是一群，甚至是數不清的時候，周宣就算只轉化一丁點關鍵的地方，那同樣也會支持不住，萬一游泳速度一慢，就可能吃大虧了！

周宣對著魏曉雨笑了笑，不好意思地背轉身，把衣服脫掉，再脫掉褲子，全身上下只剩下一條四角內褲，然後走到水潭邊上，先蹲下，用手在水中攪了攪，接著就準備跳下水。

魏曉雨忽然說道：「周宣，等一等！」

周宣回頭愕然地望著她，魏曉雨幾步衝上前，緊緊抱著周宣，嗚咽地放聲大哭，再也不肯鬆手！

她很擔心周宣這一去就不會回頭，也擔心會有危險發生，總之就是莫明其妙地擔心，如果真的要死，她也希望能抱著周宣一起死，不想跟他分開！

周宣輕輕撫摸著魏曉雨的頭髮，安慰著道：

「別擔心，不會有事的，水裏要是有危險的東西，那在我們睡覺的時候，牠們就會爬上來把我們幹掉了，還用等到現在嗎？呵呵，再說，我用冰氣探測過了，除了有極少小魚之外，就再沒有發現其他生物了！」

不過，周宣雖然這樣說著安慰的話，但他也不敢保證這水潭裏就真沒有別的危險了，水裏的猛獸那是水裏的，不能爬上岸也不奇怪，再說，如果水潭的那一面有激流漩渦，冰氣達不到那麼遠，在這邊他也探測不到。

不管是擔心，還是難分難捨，魏曉雨都知道，周宣一定是要到這水潭中一探的。周宣也明白，下去探一下水潭，也許還有出路，但如果不下去探，就只有靜靜等死一條路了。

周宣在魏曉雨肩上再輕輕拍了拍，自己一身光溜溜的，也不好意思跟她再摟在一起，鬆開了手，然後跳進水潭中。

魏曉雨心都提到了喉嚨邊上，手電筒的光還有些弱，趕緊又把另一支手電筒拿了出來，兩支手電筒光照著周宣，看著他沿著水潭邊游過去。

游了十幾米遠後，魏曉雨再看過去，周宣就只剩一顆腦袋在深幽的水面上晃動，這時才發覺，這個水潭似乎比估計的更大，因為只用眼看並不能實際測定這下面有多大。

過了十來分鐘，魏曉雨更擔心了。

周宣的身影似乎就只剩一丁點黑點在水面上晃動，這還只是游了三分之一，看來剛開始估計的水潭面積，遠沒有真正的面積那麼大。

周宣在下水後，早把冰氣運起到了極限，雖然只有正常時候的兩成左右，但要保證自己的安危還是問題不大，只要不出現那種太極端的環境，應該都不會有什麼問題。

岩石壁邊上很滑，因為是常年累月的水浸，周宣一邊挨著岩石壁游過去，冰氣探測著身周和底下十幾米的距離，看看有沒有別的出口，因為明顯能看到這水潭一帶是沒有洞口的，所以他的目的就是探測水下面。

在美國天坑那一次就有經驗了，在水坑底下的陰河中，洞口出路都在水底下，所以周宣把希望寄託在這一面中。

水溫雖然冷，但周宣運轉起冰氣，水溫完全在他承受的範圍以內。只是游了半個小時才游到一半，冰氣探測中，還沒有發現任何水下洞穴，而冰氣依然沒有測到水潭的底部，這個水潭簡直就像是一個垂直的無底坑洞，除了深幽色的冰冷外，就依然只是水。

周宣好不容易游到了一半的地方，有些疲軟，只是腳下沒底，當即伸出左手把岩石壁轉化吞噬出一個小洞，然後用手抓著，這樣支撐著身體休息。

周宣又回頭看了看對面岩石處站著的魏曉雨，魏曉雨這時候又小又孤單的身影，讓周宣有一種很揪心的感覺，兩支手電筒的光照向自己這邊，在這個深黑的地洞中顯得那麼弱小。

周宣瞧著魏曉雨這個樣子，心裏越急著想把她救出去。

這樣休息了五六分鐘，好在有冰氣護身，否則就給冰冷的水凍僵了。

周宣瞧著岩石上自己轉化吞噬出來的小凹洞，腦子裏忽然一動，心裏有了個念頭，又抬頭望了望洞頂，沒有光，自然是看不上去，冰氣也只能測到上面十來米的空間，不過摔下來的時候，他早測得清楚了：這裏是一個底下寬大，上面窄小的深洞。

按正常的情況來說，任何人都不可能爬得上去的，因爲洞壁光溜溜的，完全沒有凸出來的地方，根本就不可能借到力，而且太高，一般人也沒有體力爬這麼陡這麼高的地方。

不過，周宣忽然想到了一個方法，心裏興奮得很，當即趕緊往前面游動，雖然心裏面有了想法念頭，但探測出口的事還得進行。

只是，從另一面游過去，一直游到岩石地面處，周宣依然沒有探測到別的出路。

魏曉雨卻是激動地叫著：

「周宣……周宣，快回來，快回來！」

沒找到出路，也沒有什麼別的怪獸異物，甚至沒有探測到水源的進出口，想必水進出的洞口還很深很深，只能探測到十五六米的距離還遠遠不夠。

魏曉雨早蹲下身子，伸著手等待著，等周宣一游到她面前，她就抓著周宣往岸上拉，「嘩啦」一下出了水面後，魏曉雨又拿了背包裏的毛巾給他擦水，然後又拿起周宣的衣服讓他穿上。

周宣雖然只有兩成的冰氣，但護體還是夠了，只是游了這麼長還是有些累，不比冰氣有十成的時候，可以消除疲勞。

周宣看魏曉雨臉上又是淚水又是擔心的表情，笑了笑說道：

「曉雨，別擔心，我想到了一個法子，不過得等我把異能至少恢復到五成以上才行，否則支持不了那麼久！」

魏曉雨是本著絕望的想法，對於能不能出去，她並沒有想太多，心裏反而有些抗拒的味道，因爲她知道，她跟周宣只要出了這個地方，那麼周宣就絕不會再跟她像現在這麼親近了，等回到京城以後，她跟周宣之間，恐怕又要形同陌路了。

最好是在這兒能過多久就過多久，雖然害怕，雖然知道沒有活路，食物一吃完就只能等死，但她依然願意就這樣跟周宣待在一起。

周宣見魏曉雨怔怔的，似乎並沒有把他的話聽進去，也沒有再跟她說，心想：還是把冰氣恢復後再說吧，現在說出來還早，等到真能實現的時候，或許可以給她一個驚喜。

第一八〇章

前功盡棄

周宣感覺到體內的冰氣消耗得只剩兩成不到，
還有一半以上的距離，也不知道到底爬不爬得上頂！
不過現在只能進不能退了，硬撐一下，或許還有一線希望，
而且已經費了這麼大的勁了，再退就是前功盡棄！

穿上衣服後，周宣坐下休息了一陣，然後又起身，從岩石上把那些之前捆綁他和魏曉雨的尼龍繩撿了回來。

這兩條尼龍繩解開有六七米長，周宣轉化弄斷過，檢查後，就把接頭打了個死結，把繩子接起來，然後放在身邊，又對魏曉雨笑道：

「曉雨，你休息一下，餓了就吃點東西，把體力保存好，我需要你的時候，你得有足夠的體力！我再練一會兒冰氣！」

魏曉雨聽了周宣的話，柔柔順從著，關了手電筒後挨著他又睡下了，周宣也不再跟她說話聊天，只是運起冰氣恢復。

也不知道過了幾天，周宣就只是拼命練功恢復冰氣，餓了就吃麵包餅乾，吃了又練，練累了就睡一會兒。

魏曉雨在睡醒後做了些體操，又練了武術招式，其他時候也就是睡覺，沒有打擾周宣。雖然周宣說了可能會有法子，但她也不抱什麼希望，反正都跟他在一起，也沒有覺得受不了。

周宣雖然不知道具體的時間，但粗略估計也過了四五天的樣子，冰氣恢復到了四成多的樣子。

恢復的速度並不理想，但周宣想了想，還是決定實施計畫了！

這也是不得不進行的事，因爲背包裏的食物都吃光了，再待下去，縱然他再能多恢復一點冰氣，但沒有食物，周宣也不能再等了。

再恢復一成的冰氣，最少也需要兩天左右，但沒有了食物，搞不好等他恢復到五成左右的冰氣後，魏曉雨早就餓得有氣無力的，那樣會得不償失。

「曉雨，曉雨，醒醒，起來，我有話跟你說！」

周宣把魏曉雨叫醒了，然後說著，「把東西準備一下，要用的拿著，不用的就扔了，我們要走了！」

魏曉雨剛給他叫醒，腦子還沒清醒，愣了一下才問道：

「走?往哪走?」

周宣笑笑道：「出去！」說完，把那兩條尼龍繩拿起來，環著繫成了一個圓圈，又用力拉扯著，到拉不斷爲止，然後又把多的一截拿起來，把這兩個圓圈繫在一起。

魏曉雨呆呆地瞧著他，不知道他這是什麼意思。

周宣在做好後，再把兩個背包拿起來，裏面也沒有什麼東西了，不過背在身上有用處，給了魏曉雨一個，自己一個，把背包背了起來。

魏曉雨完全不知道周宣要做什麼，但也把背包背在了背上，周宣接著拿了繩子過來，把繩子繫在她的腰間，然後露了一米多長的圓環頭，而他自己繫了另一條尼龍繩，繩子中間連在一起，就等於把他和魏曉雨用繩子串在了一起。

把這一切做好後，周宣對魏曉雨笑問道：

「曉雨，準備好了沒有？」

「你到底要幹什麼啊？」魏曉雨奇怪地問道：「我當然準備好了！」

魏曉雨不知道周宣要怎麼做，不過前幾天他下水潭探過，難道周宣這是要帶她鑽到水底裏去？

如果是鑽到水裏，魏曉雨心裏有幾分害怕，她寧願跟周宣待在岩石上就這麼安靜地死去，也不願意鑽到這可怕的水潭中去消失掉！

周宣卻是對她笑了笑，然後又抬頭望了望頭頂上。

魏曉雨拿著手電筒照著上面，然後仰頭看了看，奇怪地道：

「難道還能從這裏爬上去不成？」

周宣點點頭，認真地道：

「對了，我們就是要從這裏爬上去！」

魏曉雨奇道：「這個岩石壁是從裏往外延伸，這是攀岩不可逾越的難點，再說，這岩石壁上沒有可以攀手的地方，如此光滑怎麼爬？這樣子，別說高三百多米的高度，就是兩三米，也沒法爬上去，手腳都無處可放啊！」

周宣笑笑道：「曉雨，你忘了我是有異能的嗎？當然，我的異能還沒有完全恢復，所以體能不強，無法做高難度的事，但如果是簡單的事，還是可以辦到的，所以我一連幾天都在盡力恢復我的冰氣，不過今天不能再等了，如果再等下去，沒有吃的食物，我們會沒有體力了！」

周宣一邊跟魏曉雨解釋著，一邊伸手在堅硬冰冷的岩石上一抓，岩壁頓時有如豆腐一般被他的手抓出了一個洞來！

然後，周宣手又動了動，那個被他用手抓出來的洞就變成了一個彎鉤樣子，接著，周宣把腰間那個尼龍繩圈往那石鉤上一掛，兩隻腳往岩石上蹬去，挨到岩石時，冰氣又把岩石轉化吞噬出兩個小洞，剛好可以踩住腳。

魏曉雨幾乎是目瞪口呆地望著周宣掛在了岩石上，接著，周宣又把他頭上的岩石部位弄出一個鉤子來，再把掛在下面的繩子取出，套在上面的石鉤上，跟著，人也往上面爬了一步，然後再把他頭頂又弄出一個石鉤出來。

魏曉雨頓時明白了！周宣是要用這個法子一步一步往上爬。這不失爲一個好辦法，只是她一直都對周宣的異能缺少真實感，也沒想到如何出洞這件事上來。

周宣已經爬到離她有三米高的岩石壁上了，回過頭向下望著她說道：

「曉雨，快跟著我往上爬，爬一步挪動一下繩圈，把繩圈重新掛好後，再爬下一步！」

魏曉雨心裏百感交集，呆了呆，然後學著周宣的樣子往上爬。

說實話，要說攀岩和體力來說，她比周宣還要強一些，在部隊裏也經常練習，只是沒有爬過高達三百餘米的岩體障礙，不過，這一切在周宣的異能弄出內彎石鉤子和腳踩的小洞口後，也不算得太難了，所需的只是能堅持到那麼長時間的體力而已。

周宣又往上爬了兩三米，回頭瞧了瞧跟上來的魏曉雨，這幾下她並不吃力，但越到上面就越難了，因爲越到上面，岩石壁成了圓瓶子裏面的內壁一般，成了內弧形，腳根本就踩不住，人幾乎是懸空的，只能全靠尼龍繩掛著的力量，那樣再進一步就需要一隻手緊抓著石鉤，僅憑一隻手完全支撐起身體的重量，然後另一隻手把繩子舉起，掛到頭上的石鉤上。

這樣的動作一步不難，難就難在要這樣連續爬幾百米，如果支撐不住，也許就會失手墜落下來。

如果再掉下來的話，周宣這時候的冰氣能力根本就沒辦法再轉化吞噬底下的岩石，再落下來就只能跟那摔死的十一個男人一個樣了，結果就只能是，變成一灘肉泥！

這個感覺，周宣在爬到四十多米的時候就有了，雙腳踩在下面的岩石小洞口中，由於身子傾斜得太厲害，頭朝外，腳朝裏，腳上根本承受不到重量，在下面的時候，岩石壁是平的，每上一步，不會太費力氣，但現在不同，每往上一步，都要靠雙手的力量，這樣的動作到四五十米處，兩人都呼呼直喘氣。

尤其是周宣，冰氣損耗很嚴重，因爲本身就沒有完全恢復，又加上同時還要花費大量的體力，先用冰氣轉化吞噬，做出石鉤子，然後再用雙手一下一下往上掛！

周宣還從來沒有像現在這樣累過，汗水一滴一滴往下滴落，恰好落到跟在後面的魏曉雨身上。

這樣一下一下又爬了三四十米，周宣拿著手電筒往上瞧了瞧，路程還沒有到一半，幾乎才四分之一！

周宣不禁苦笑了笑，心想，在他冰氣完好的時候，或許攀岩不會太難，但如果有更充沛的冰氣，他是不是能直接把這岩石壁轉化吞噬出一條梯子來走上去？

估計那是要神仙一般的人才能辦得到吧，哪有什麼人能有那麼強勁和足夠的能力呢？不過，如果把晶體裏那強大的能量全部吸取到自己體內以後，或許可以辦到，但人體是有局限的，比如一個瓶子，無論你怎麼裝，也不可能裝下一條河流。

歇息了幾分鐘，周宣又對魏曉雨說道：

「曉雨，努力，我們一定能爬到頂上的，一定要爬上去！」

魏曉雨只是黯然地點了點頭，低聲道：

「好，一定要爬上去！」

周宣再一鼓作氣往上面爬去，這一次居然連連上升了四十多米，從上往下看，接近一半的距離了，只是望到下面時，頭有些暈眩，不敢再多瞧。

這一次累得更厲害，周宣感覺到身體內的冰氣消耗得只剩兩成不到，冰氣越少，損耗就會越大，還有一半以上的距離，也不知道到底爬不爬得上頂！

不過現在只能進不能退了，退下去的話，下面沒有食物，只能是死路一條。硬拼硬撐一下，或許還有一線希望，而且已經費了這麼大的勁了，再退就是前功盡棄！

周宣咬了咬牙，對魏曉雨說道：「曉雨，再努力，加油！」

這次爬了十多米的時候，周宣剛把繩子掛在石鉤子上，下邊的魏曉雨忽然一聲驚叫！

周宣腰中一緊，重量陡增，趕緊雙手抱著繩子掛著的石鉤子，然後向下一瞧，卻見是魏曉雨掛著石鉤子的繩索結頭鬆脫掉了，還好周宣把他的繩子和魏曉雨的拴在了一起，那頭脫落了，還有這一條保險。

不過，兩個人現在就靠他那一條繩子支撐著重量，周宣擔心得很，如果再一斷掉，魏曉雨就要掉下去了，趕緊說道：

「曉雨，別慌別慌，把那結頭再接上！」

魏曉雨臉色煞白，顫抖著手把繩子接頭結好，只是接好頭後，卻掛不到石鉤上，因爲兩個人垂直懸吊著，隔著岩石上的石鉤子有一米多遠。

魏曉雨把手伸到最遠的距離，仍然差了接近有半米遠，而晃動的時候，周宣腰上的繩子似乎也在吱吱響，周宣毛髮都嚇得豎了起來，心裏直叨念著：千萬別斷掉，千萬別斷掉！這個時候要是斷掉了，他就算用雙手抓都抓不住的！

「曉雨，別慌，冷靜點，我輕輕擺動把你盪到岩石邊上，你抓住石鉤子，要瞧準一點！」周宣努力讓自己鎮定下來，也安慰著魏曉雨。

魏曉雨雖然臉色慘白，但聽到周宣的話後，終於冷靜下來，瞧著周宣的眼睛。

周宣低沉地道：「曉雨，你肯定不會有事，你放心，一下子就抓到了！」說著，把身子先穩定了一下，然後給魏曉雨示意了一下，把腰往岩石壁上甩動了一下，魏曉雨的身子就往岩石邊上盪了過去，但她不敢太用力，手尖離那個石鉤子還是差了五六個公分。

周宣也不敢太用力盪過去，怕繩子承受不住，要說這尼龍繩承受兩個人的重量是完全沒有問題，但周宣擔心的是那幾個接頭，就怕接頭處再滑脫，其次是繩子與石鉤子處有摩擦，不過這個倒是要輕鬆一些。

汗珠子滴落得更加厲害，當然，周宣最主要是擔心魏曉雨的安全，疲勞早已經丟到了九霄雲外。

「曉雨，注意，我再盪過去了！」周宣說著，囑咐了魏曉雨一下，然後再輕輕把她盪了過去，雖然是輕輕的，但腰間還是用了些力，只是不太猛，以免讓繩子接頭承受的重量加劇。

這一次，魏曉雨自己也加了些力，往邊上一盪，伸出去的右手剛好把那石鉤子抓住了，周宣緊張地瞧著她，眼見她把繩子小心地掛在了石鉤子上，再鬆了手後，周宣腰間的壓力一下子就鬆了下來。

周宣看到魏曉雨掛上石鉤子上後，心裏鬆了一大口氣，這時才發現自己汗如雨下，一身上下衣衫都被汗水濕透了，只覺得手腳都是虛的，直打顫，但身體是懸空的，更是覺得一顆心無著落一般。

歇了一陣，周宣不敢做過多停留，因爲在半空中，懸吊著越久，就越會讓人心灰意冷。

太難了，但他不能讓魏曉雨灰心，現在，也只有他才能鼓起魏曉雨的勇氣，雖然他有異能，但一步一步爬上去，那還是得靠魏曉雨自己。

周宣冰氣損耗殆盡，再往自己頭上轉化吞噬了一個石鉤子出來，周宣又奮力一手抓著石鉤子，一手把繩索舉到上面掛上，因爲體力和精力都損耗得太厲害，全憑一口氣支撐，要是沒有那份信念，一口氣一鬆，只怕就吊在這半空中不上不下了。

這一次他確實鼓足了氣力，一口氣爬上了一百餘米，抬頭望上去，僅僅只剩下四五十米的距離了。

眼看到只剩下這麼一點點就到頂了，雖然累，總算是有了希望。

其實周宣是累到了極點，而魏曉雨雖然也累，但要比周宣好得多。周宣精神上更累，因爲要使用冰氣異能，這比消耗體力還要讓人疲累得多。

魏曉雨不是嬌嬌女，在部隊裏，她比那些特種兵更強，也更能承受訓練，要僅僅說體力和攀越這個岩壁，她比周宣還要強得多，如果換了魏曉晴的話，那周宣就得換另一種方法了，魏曉晴肯定爬不了這麼高難度的岩壁。

周宣幾欲暈去，再轉化吞噬出石鉤的時候，石鉤也要小得多了，但這種岩石壁上的岩石堅硬無比，哪怕只有手腕那麼粗的一點，也足夠承受起兩個人的重量。

但他不敢停下來，只怕自己一停，那口氣一鬆懈，就再也不能轉化吞噬岩石了，而且人也會暈過去。

這種疲憊，魏曉雨在下面感覺得到。因爲她跟周宣在做同樣的事，雖然累，但還沒到承受不住的地步，而周宣在上面，那汗水便如是在下雨一般，就沒停過。

「周宣，停下來歇一歇，你太累了！」看到周宣表情神色都不太對，魏曉雨終於忍不住勸道。

周宣一邊往上爬，一邊笑道：

「曉雨，做事要一鼓作氣，你看，就這麼一點距離了，等爬上去後再怎麼休息都可以，呵呵，要爬上去才能放心！」

魏曉雨知道周宣很累，但還不知道他快到了油盡燈枯的地步，瞧瞧頂上的那個洞口確實就在眼前了，還當周宣是太興奮了，所以也沒再說，跟著他繼續往上爬。

周宣自然是奮力往上爬，眼看著距離從三十米變成二十米，再變成十米，五米，四米，三米，兩米，一米！

到最後一伸手臂距離的時候，周宣眼睛看出去都是搖晃的，眼光已經看不清了，伸出手在身前那一排摸索著弄出來三個石鉤子，最後手一垂，就直直懸掛在頂端的洞口上。

魏曉雨眼見到了洞口，心裏有些激動，但見周宣忽然垂直懸掛在頭頂的部位一動不動了，嚇了一跳，顫聲問道：

「周宣……你……你怎麼了……」

說到後面一個字時，聲音都哽咽了，在洞底時，她因為想與周宣待在一起，不會再逃出這個地方，與周宣待在一起也心滿意足，但那是沒辦法逃生時的情形，而現在不同，兩個人顯然都已經逃到最後一步了，只要那麼一小步就可以完全脫離出那個死路深淵，但周宣卻在這最後的關頭出事了，哪能讓她不心驚？

魏曉雨叫不應周宣，心急之下，趕緊奮力往上爬，周宣似乎是料到了這種情況，在最後的地方與他一併轉化吞噬出了幾個平行的石鉤，魏曉雨爬上來也有地方，否則與周宣並排掛在一個石鉤子上，難度就會大得多，兩個人身體挨著是不容易往上爬動的。

把繩索掛上洞頂口的石鉤子後，魏曉雨竭盡全力爬了上去，也顧不得自己還有沒力氣動彈，只用最後一股力氣把周宣拼命拖了上來，然後再遠遠地往後拖了十多米，又用手探了探周宣的鼻息，還好，周宣只是暈了過去，這才伏在周宣身邊喘著氣。

魏曉雨也累得不想動了，好一會兒才平息呼吸，然後又爬起身叫著周宣的名字。

「周宣，醒醒，周宣……」

周宣略微睜了睜眼，弱弱地問道：

「爬上來了嗎？」

「上來了上來了，我們兩個都好好的！」

魏曉雨見周宣開口說了話，心裏頓時鬆了一大口氣，估計周宣是太累，虛脫了。

周宣長長出了一口氣，接著卻是「哇」的一聲，噴出一大口鮮血來，這一口鮮血完全噴在了魏曉雨的胸口上！

魏曉雨大吃一驚，再扶著周宣呼喚他時，周宣沒能再醒過來。

這一次，他心裏完全放鬆了，嚴重透支的身體再也承受不住了，跟著一口鮮血噴出的同時就暈死過去。

第一八一章

逃出生天

周宣沒有反應，一雙手無力地垂在魏曉雨胸前，
魏曉雨眼淚忍不住又流了出來。
魏曉雨擔心周宣的安危，雖然死的時候想跟他一起死，
但逃出生天後，卻也不可能任由周宣就此死去！

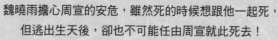

魏曉雨嚇得慌亂不已，叫了幾聲，卻是無論如何都叫不醒他，眼淚忍不住又流了出來，想了想，堅強的性格還是占了上風，把周宣背在背上，打著手電筒往洞外走去。

她還記得進來的方向，而中間出去的路線也有印象，中間有幾個岔洞，但魏曉雨在野外生存的能力很強，觀察力同樣超強，是經過嚴格訓練過的，出洞很順利，又在半途中見到周宣轉化吞噬的那個讓她躲進去的小空間，知道路沒有走錯。

出洞花了四五十分鐘，在大洞口處見到外面的光亮時，魏曉雨忍不住悲喜交加，洞口外面，瞧天上的太陽，顯然是中午時分，魏曉雨終於瞧清了這裏的位置，山下的那條小鎮也清晰在目。

又叫了幾聲周宣，但周宣沒有反應，一雙手無力地垂在魏曉雨胸前，魏曉雨眼淚忍不住又流了出來，頭髮散落在臉前，汗水順著髮絲也往下滴，不知道是汗水還是淚水。

魏曉雨擔心周宣的安危，雖然死的時候想跟他一起死，但逃出生天後，卻也不可能任由周宣就此死去！

咬著牙，魏曉雨拼了命背著周宣往山下走去，眼睛裏還有些不適應亮光，本來就流著淚，又受到強光刺激，眼淚更是止不住地流，在小路上又絆了一下，跟周宣兩個人都滾進了草叢中，爬起來後，把周宣也扶起來，見周宣額頭在岩石上撞破了個口子，鮮血流了半邊臉，更是使勁叫著，但怎麼也叫不醒他。

魏曉雨無力地哭泣著，從來沒有覺得像現在這麼軟弱，但哭歸哭，她還是爬起身把周宣又背了起來，踉踉蹌蹌走了一個多小時，才終於下了山。

小鎮上人並不多，路邊的老人小孩、男男女女都盯著魏曉雨，一副奇怪的表情。一個這麼漂亮的女孩子出現在這裏，本就令人驚奇，更何況這個漂亮的女孩子還背著一個滿臉是血的男人，這就更令人奇怪了！

魏曉雨一見到人多了，趕緊問道：

「請問，這鎮上的醫院在哪裡？」

語聲中儘是顫抖的哭音。

「小姐，莫蔭山這兒沒有醫院，山下才有醫院，不過是小醫院，我們這兒只有一個衛生所，一個大夫！」

其中一個男人見到魏曉雨著急的樣子，趕緊往前面一指，給她說了衛生所的方向。

就在這條街上，魏曉雨甚至連謝謝都想不起說一聲，趕緊背著周宣往那邊走去。

她心裏還有些印象，這條街不大，通共就幾十家人戶，而她跟周宣那天晚上住的那間小旅社就在前面，只是那次來的時候是晚上，所以沒注意到這間衛生所。

其實所謂的衛生所，就是一家私人藥房，一進門就是打點滴的地方，靠右的裏間是藥房，窗戶就是賣藥的櫃檯，房間裏面一個簡易的木板釘的架子上，擺放了一些藥品。

老板也就是醫生，是一個四十多歲的男人，魏曉雨把周宣背進大門裏，放在一張木板床上，然後顧不得抹掉汗水，趕緊對那男子說道：

「醫生，快救人，醫生，快救救他！」

廳裏還有兩個婦女抱著小孩子在打點滴，那男醫生一見魏曉雨焦急又憔悴的樣子，頭髮都被汗水濕透了，周宣一臉是血，不省人事，也嚇了一跳，趕緊跑過來問道：

「怎麼回事？摔倒了還是怎麼的？」

魏曉雨哽咽著道：「額頭上是摔到了，但……但……我叫不醒他……」

真正的病因，魏曉雨當然說不出口。

那醫生趕緊粗略檢查了一下，發現額頭上的傷不過是一點皮外傷，傷口已經自動止血了，只是血流了滿臉，看起來挺嚇人的，但暈過去的原因就不明白了。

按他的經驗，再檢查了心跳，又扒開眼睛看了看瞳孔，最後沉吟著道：

「這個……小姐，你朋友的這個病很奇怪，我一下子也檢查不出，因爲設備有限，你最好是到城裏的大醫院去治療，暫時我只能把他額頭的外傷包紮一下！」

說著，便拿了酒精、消毒水和紗布、膠帶過來，一邊消毒上藥包紮，一邊又問道：

「小姐，這裏的人我都認識，你們不是本地人，是來遊玩的？」

「是，他是我男朋友，我們上山去，我男朋友忽然暈倒了，我背他下山的時候又摔了一跤，他額頭上的傷是摔傷的！」

那醫生又瞧了瞧魏曉雨，有些不相信：

「小姐，你從山上把他背下來的？看不出來，看不出來！」

不過，又瞧著魏曉雨滿臉的憔悴疲憊，那哀傷又擔心的表情，顯然又是真的。

「小姐，看不出你一個這麼嬌滴滴的姑娘家，還能把這麼大個男人背下山來！」那醫生嘆了嘆，然後又道：「不過，我還是勸你找輛車把你男朋友送到城裏去，他這個病……我瞧很古怪，為了安全考慮，你最好是趕緊找車下山，以免誤了大事！」

魏曉雨急道：「醫生，您是這兒的人，您熟，能不能幫我叫輛車啊？」說完又趕緊補了一句，「多少錢都沒問題，只要能趕緊下山！」

那醫生沉吟了一下，然後對房間裏叫了一聲：

「老婆，去叫陳三過來，說送人到城裏，趕緊！」

「哦，我這就去！」

裏間應了一聲，接著出來一個頭髮蓬鬆的婦女，走出來看到魏曉雨時，不禁多瞧了幾眼，在這個窮鄉僻壤裏居然能看到這麼標緻的美女！看她這個樣子雖然很憔悴，頭髮跟她一樣亂，但骨子裏看得出來，有一股不同的氣質。

陳三的車是一輛很破舊的麵包車，也許是經常拉人畜，車裏有一股雞鴨的臭味，不過魏曉雨自然不會顧忌這些，就算再臭，在這個地方能找到車就算是不錯的了。

陳三是個三十多歲的男子，見到魏曉雨時，第一句話就是車費要兩百，魏曉雨想也沒想就掏了五百塊錢給他，說道：

「錢不是問題，麻煩你儘快送我們到城裏的醫院。」

有錢自然能使鬼推磨，陳三見到魏曉雨不僅不跟他講價，而且直接把他開出的兩百塊價錢漲到五百，現金交易，哪有不樂意的，趕緊笑呵呵地幫忙。

魏曉雨婉拒了，還是自己背了周宣到街邊才上了他的車，周宣一直沒能醒轉過來，陳三的車很破舊，加上路又爛，還好這次是白天，沒有晚上那麼難，不過也抖得很厲害。

直到過了基根路後，才到了山下的鎮公路。

公路雖然仍然很窄，但是柏油路，車不抖動了，速度也快了許多。

到城裏醫院只花了半個小時，魏曉雨急急把周宣背下車到醫院急診室裏，值班護士請來醫師做了診斷之後，讓魏曉雨交了一萬元的押金，然後再進行更詳細的檢查。

魏曉雨哪裡還猶豫，當即到外面的繳費處刷了卡，付了一萬元的押金。

一直到下午五點過後，會診的結果是，周宣屬於精神受到極大刺激壓迫，目前等於是一個植物人的樣子，能不能醒過來，他們沒有半點把握，只是很奇怪，植物人的特點都是腦部或者身體的重要器官被外力嚴重打擊，比如是中了槍彈，或者是從高空摔落等等，但周宣沒有明顯外傷，腦子也沒有受重傷，額頭上那點傷只是皮肉傷，根本不會造成對腦子的傷害。

魏曉雨一聽就發怔了，心裏有些明白，估計是周宣在爬上懸崖的時候使用異能太過量了，而用異能就要用腦子，腦力使用過度才會出現現在的情況！

醫生不清楚到底會怎麼樣，也不知道周宣會不會醒過來，醫院現在只是給他打點滴，補充他的基本體力。

醫院開了單人病房，魏曉雨自然是不會在乎錢財，一切都要用最好的，因爲擔心，也無心顧及自己，在病房裏守著周宣寸步不離。

瞧著周宣消瘦的臉容，魏曉雨心痛如絞，周宣分明一切都是爲了她，在最危險的時候，周宣哪一次不是把她守護得好好的？幾乎完全不顧他自己的安危，要說自己喜歡上這樣的一個男人，那也值了！

周宣其實並不是植物人一般沒有感覺思想，只是冰氣損耗精神太過嚴重，從外表看起來就是昏睡，實際上，他是感覺得到周圍動靜的。從魏曉雨把他背下山，又從山上坐陳三的車到城裏，又到醫院的醫治，周宣都感覺得到，只是沒辦法睜眼醒過來。

在同時，周宣也在暗暗恢復體力和冰氣能力，只是這一次的損耗比以往任何一次都要厲害，以往最嚴重的也就是冰氣損耗完了就歇著了，而這一次是，冰氣損耗殆盡以後，他依然強行運用精神能力再透支，所以要完全恢復可就不是那麼輕鬆了。

再說，現在又沒有了晶體，要是晶體在身，那要恢復冰氣能力就是再簡單不過的事了，晶體被盜，要再像以前那樣可就是做夢了。

在經過接近二十個小時之後，周宣終於恢復了一成的冰氣能力，但要說用來轉化吞噬迎敵治病，還是毫無可能，如果只是正常行走，卻是沒有半點問題了。

周宣睜開眼的時候，窗外陽光耀眼。瞧了瞧面前，魏曉雨正伏頭趴在他的病床邊上睡覺，一頭烏髮散落，遮住了她大半的臉蛋。

嘆息了一聲，周宣很是爲難，腦子裏不願想這些，人情債好還，風流債難償，他不是花花公子，做不來那遍地情債的事，而且魏曉雨、魏曉晴，都跟傅盈一樣，是天底下最驕傲最傑出的女孩子，人生能得其一，那便是他一生的福氣，可他現在卻得到了那麼多。

魏曉雨遇到危難，他不能不出手相救，但魏曉雨對他的感情，他卻不能接受，他明白，魏曉雨也明白。

魏曉雨一動，抬頭見到周宣睜開眼瞧著她，呆了呆，然後醒悟過來，眼淚忍不住又滾滾而出，嘴裏卻是喜道：

「周宣，你醒了……」

魏曉雨毫不掩飾地將身子一下子挨近了，捧著周宣的臉仔細觀察，淚珠卻是一顆一顆滴落在周宣的手上。

周宣伸了手想幫她擦擦眼淚，但伸了一半卻又停了下來，遲疑了一下，最終還是放了回去，嘴裏說道：

「我沒事了，別擔心，我只是太累了，有點虛脫，時間一過就好了，我現在一點事都沒有，身體都恢復了，只是冰氣能力還沒有恢復！」

魏曉雨聽周宣這麼一說，放下了心，但見周宣伸出手又縮回去的動作，感到很傷感，一到了安全穩定的環境中，周宣就是另一個人了，一個不會再跟她有絲毫感情瓜葛的人！

魏曉雨黯然神傷，默默擦掉了眼淚，好一陣子才忽然又露出一絲微笑，說道：

「周宣，你想要吃什麼嗎？我出去給你買回來，嗯，你現在最好是喝粥什麼的，這樣，我出去看看吧！」

周宣看到魏曉雨臉上雖然露出了微笑，但眼神中卻更加的悲傷無奈，只是這種悲傷無奈，他卻沒有辦法消除，就算他冰氣異能練到了通天絕境，也沒有那個能力。

魏曉雨正要起身走的時候，周宣忽然坐起身，一把抽出了插在手腕血管上的針頭，笑道：

「不用了，我跟你一起去，馬上出院吧！」

魏曉雨吃了一驚，趕緊道：「不行不行，你怎麼能夠出院呢，還得再住院觀察治療，醫生都還沒有確定你的病情呢！」

「用得著他們來給我確定病情嗎？」周宣笑了笑，又道：「曉雨，你不知道嗎，我的能力就是最好的醫生，我自己還不知道自己的事啊?當然，換了別人或許是大病，但這對我來說，只要睡一覺就好了。這就好像幹了一天累活，疲憊不堪，但睡一晚後，就又是精神抖擻了！」

魏曉雨呆怔著，但見周宣抽了針頭，自己跳下床穿好鞋子。但這都是醫院的病服拖鞋，他自己的衣褲鞋子都被換下了。

在確定周宣沒有問題以後，魏曉雨當即到住院部結算了帳單，然後領取了存放的衣褲鞋襪，等周宣換好了後才出院。

當然，換衣服的時候，魏曉雨是獨自在病房外等候，只是想到在山洞底的時候，周宣也曾在她面前脫光了衣衫，自己與他相擁相抱著過了好多個日日夜夜，現在回想起來，是多麼的令人懷念和傷感，一出那個絕境，自己跟周宣就像個陌路人了！

周宣的體質根本不能拿一般人來跟他比，所以到外面吃飯的時候，他並不是去賣粥的攤位，而是去餐廳吃大餐。

魏曉雨又恢復了之前默默無語的狀態，只是跟著周宣，由他行動做事。

江北的名菜佳餚也很出名，尤其是清蒸的淡水魚，清香嫩滑，入口即化，餘香留舌。

周宣在吃飯的時候，瞧到餐廳裏牆壁上的電子鐘顯示是中午一點十分，十四號，星期二，記得他跟魏曉雨上山進洞的那一天是星期五，六號，那就是說，這一行，他們在那個黑洞裏待了八天！

那幾天過的日子，周宣實在是不願再去想，麵包餅乾自然也不能跟這裏的大餐相比，好在這樣的苦日子周宣也過得不少，前幾次生魚都吃過了，何況這一點？

這一次只是冰氣異能損耗得嚴重，身體受到的刺激大一些，但洞底下並沒有那些怪獸怪物什麼的東西，所以對於危險來說，還不算是大，只是那個給他寫信的神秘人卻是不知道是誰，這是周宣心裏頭的一塊石頭！

吃過了飯後，兩人出來在街上閒逛了一陣，魏曉雨問道：「現在我們是要繼續追查下去呢，還是回京城？」

周宣瞇著眼想了想，然後沉聲道：「查！」沉默了好一陣才又道：

「那個跟我擁有同樣能力的人，我相信他絕對不會放過我，如果我們回京城，他肯定會對我的親人朋友動手，他在暗我在明，這個虧吃不得，從他在我家偷那晶體來看，他絕對是對我的情況清楚得很，所以我只能查下去，現在趁家裏人還不知道，一鼓作氣查下去是最好！」

想起這一次的經歷，魏曉雨就擔心！

「可是……那個人有你一樣的能力，你能對付得了嗎？再說，我們又不知道那個人是誰，也不知道他在哪兒，要怎麼查？」

周宣想了想，沉吟道：「我想，那個人肯定以爲我們這次從那裏面出不來，死定了，所以才放心離去，這也是我們的一個有利形勢，我再想想，要怎麼查下去……」

這個時候回想起來，確實覺得有些幸運，最主要的是那十一個歹徒把他跟魏曉雨都用尼龍繩捆起來了，這給他們後面能爬出那個絕壁懸崖提供了救命的工具，要是沒有那些繩索，周宣就算在冰氣異能完全正常的情況下，也不可能爬上來，冰氣再強，也不可能轉化吞噬出一條沿著洞壁打轉，盤旋而上的梯子出來！

這一點也是那個陷害周宣的人沒能想到的，也就是這兩條捆他們的繩索，讓他們逃出生天了！

只是現在雖然逃出來了，又該如何再去查他們呢？在山上的線索顯然已經因那十一個人的死亡而就此斷絕了，如果再查，又要從哪裡查起呢？

周宣現在的冰氣能力又才恢復一成，也不可能再像在洞裏那般不要命地使用，那樣人和身體都承受不了！

猶豫了一陣，周宣忽然抬起頭對魏曉雨道：

「曉雨，現在那個人不知道我們活著出來了，這是一個有利點，既然他是從古董上做的手腳，顯然他會在這一行上做更大的手筆，以便吸取更大的經濟利益。我最開始得到這個能力的時候，也是從古董這一行入手的，也只有從這一行上面，才能最快得到金錢。我想那個人，肯定會在這一行上面有動靜。我們來的時候，傅局長那兒不是有資料嗎，這起案子的本身就是因爲假貨古玩引起的，現在，我們也只能從古玩上面追查下去了！」

第一八二章

變裝遊戲

這個從洗手間裏出來的女子臉色蠟黃，看起來有三十多歲，
周宣呆了呆後，才從她那眼神裏瞧出一分魏曉雨的靈動，
如果不是親眼看著她從外面走進去，
他絕不會相信現在走出來的就是魏曉雨。

「可是，要從古玩上面查下去，那又要從哪裡入手？」魏曉雨也是茫無頭緒，不知道該怎麼做。

周宣摸著下巴沉思了一會兒，想了半晌才道：

「我們現在的情況，那個人並不知道，我們要從江北的古玩市場上入手的話，就得冒充買家，要不讓那個人發現我們，我們就得改容變裝，讓他認不出來才行。曉雨，你會易容術嗎？」

「易容術？」魏曉雨訝然了一下，隨即點點頭道：「我學過，是做偵察兵時必需的課程，要易容的話，那我們現在就去買一些用品，再到酒店開個房間化好妝！」

周宣點點頭，說道：「那好，我們現在就去買易容要用的東西，然後再去古玩市場！」

魏曉雨笑了笑，沒想到在大都市裡還有這樣的情況，於是帶著周宣先到超市買了些東西，周宣不懂化妝，也不摻和，買好了她要用的東西後，又到服裝區各買了兩套衣服。

隨後，兩人又到一間酒店開了一間房間，訂了五天的時間。

在房間裏，魏曉雨也不歇息，當即把買回來的東西取出來，先幫周宣化妝，一根一根的在他臉上貼了鬍鬚，嘴唇上貼了兩撇八字鬚，下巴上也貼了一小撮山羊鬚，兩邊臉上又貼了一條絡腮鬍，整個人立即就顯得粗獷威武起來。

周宣對著鏡子照了一會兒，不得不佩服，就是他自己也沒認出鏡子裏的人就是他周宣來，魏曉雨又拿了一付平光眼鏡遞給他，說道：

「戴上！」

周宣戴上眼鏡後再一看，呵呵，這簡直就像一個不修邊幅的教授！

不過周宣還沒說話，魏曉雨就說道：

「周宣，既然我們是要到古玩市場去找線索，冒充買家的話，你不如就說自己是個教授，這個形象很像，再說你又有異能，最懂的就是古董，就算不能運用異能，你也能辨清真假吧？」

周宣笑笑道：「那是，要冒充一個古董行家，我可是頭頭是道，我身上的異能雖然不能轉化敵人，但如果僅僅是探測古董的真假，是半點難度都沒有，我最早得到這個異能的時候，可是遠不如我現在這一成的能力，要探測古董，絲毫沒有難處！」

魏曉雨笑了笑，然後拿了用品工具到洗手間裏，把門緊緊關上了，她倒不是怕周宣學了她的易容術，而是不想看到周宣親眼看著她變醜了。

女人就是不同，就算化妝變形，那也不能太醜。

周宣笑了笑，趁這點空檔，趕緊把魏曉雨買回來的衣服換了，買回來的都是休閒服裝，穿上後再到鏡子面前一照，活生生就是一個不修邊幅的學者，或者是一個藝術家。

這個樣子，周宣在報上見過某一位很有名氣的電視劇導演，就跟自己現在的模樣差不多。

大約過了十多分鐘，魏曉雨才從洗手間裏出來。

周宣看到她時，不禁呆了呆，這個從洗手間裏出來的女子臉色蠟黃，看起來有三十多歲，渾然沒有魏曉雨那漂亮美麗的半分容顏，十足一個普普通通的中年女子！

周宣呆了呆後，才從她那眼神裏瞧出一分魏曉雨的靈動，如果不是親眼看著她從外面走進去，他絕不會相信現在走出來的就是魏曉雨。

「還認得出來是我麼？」魏曉雨咯咯一笑，語氣裏有些得意。

這銀鈴般的聲音的確是魏曉雨的，周宣瞧著鏡子裏自己的相貌，再瞧瞧魏曉雨，沒想到會有這麼大的效果，現在他們兩個的相貌，就算走回家去，也沒有人會認得出來！

兩人嘻嘻哈哈戲鬧著，然後出了房間，乘了電梯下樓，從酒店大堂出去的時候，櫃臺小姐有些略微的詫異，好像沒見過這兩個人，不過酒店是二十四小時營業的，她不在的時候來了客人也不奇怪，所以瞧了一眼也沒有多問。

出了酒店，周宣攔了輛計程車，上了車後才問道：「司機大哥，知道你們這兒的古玩市場在哪兒麼？」

「知道，是要去嗎？」那司機點點頭回答著，「在城北的興華街，是江北最大的古玩市場集中地，您是要買最好的最貴的，或者是最便宜的，都能在那兒找到！」

「好，就去那兒！」周宣擺擺手。

司機當即發動了車，周宣跟魏曉雨相視一笑，兩個人很普通，那司機也沒再多瞧一眼，自顧自開著車。

那司機開了半個小時就到了，在進入這條街時，周宣瞧見一排店過去，門面的牌匾上都是某某古玩店的名字，心知是到了。

付了車費後，周宣跟魏曉雨下了車，望了望前邊的一條街，笑笑道：

「曉雨，到了，你對古玩懂多少？」

「我就裝聾作啞吧，我對那玩意兒可是半分不懂！」魏曉雨搖搖頭回答著。

兩個人沿著一條街前面的店一路看過去，這些古玩店跟他的周張古玩店完全不在一個檔次，當然只是說貨物的珍貴性，這些店的店面規模倒是比他的店大得多，但架子上的貨物卻是沒有幾件真品。

有幾件真的，那也是不值大錢的東西，值幾百塊錢的玉石類是最多，瓷器銅器卻沒有一件是真的，但表面做得倒是很真，不過再真，也遠遠沒有傅遠山案子裏收繳到的那些贗品的真度高。

當真是古玩無真品，古董無珍品，古玩界是打真不打假的，官方對真品打擊力度很大，主要是爲了防止日漸興盛的盜墓風氣。爲了錢財，鋌而走險的人那是前仆後繼，永無一個寧日。

因此，在當下的古玩市場古董店，是難以找到一件真正的真品或珍品的，贗品假貨倒是不奇怪，要多少有多少。

一連走了七八間店，幾乎都是如此，這些古玩店的店員倒是很熱情，拼命介紹，不過瞧著周宣跟魏曉雨的衣著，也就介紹幾百塊錢一份的玉石物件就罷了，想來他們也不是有錢的肥羊，能賺個幾百塊就不錯了。

魏曉雨也不說話，只是跟著周宣，不發表任何言論。

周宣現在恢復到的一成冰氣，做難一點的事不行，但探測這些物件卻是輕而易舉的，這些玉石不過是劣質的翡翠件，B貨C貨充斥其間，論價值，最多值個三幾十塊，但做得很出色，光彩顏色很好，看起來跟上等的翡翠沒有什麼分別。

江北是旅遊城市，很多來旅遊的客人最喜歡給家人買點玉石之類的小配件回去，而到這些古玩店來買，又跟在旅遊景點的地攤買不同。

在旅遊景點的地攤上買，那些客人就有個心理作用，肯定是假的，但在古玩店來買就不同了，在這麼古色古香的地方，充斥著的全是古董的氣色，就如同在鄉下小店裏買的東西和最有名的連鎖大超市裡買東西一樣，哪個真哪個假，對哪裡有信心，自然就不用說了。

一般來說，幾百塊錢的東西並不算貴，現在小城市，或者是鄉下，即使大城市也一樣，很多是中下階層的人，對動則幾千上萬的首飾是只能想只能望的，唯一的可能就是買一個顏色樣子都跟那些相似的次品，充充面子，其實他們來買這些，也知道這裏肯定是次品或者劣質品，畢竟不可能花幾百塊就買到價值上萬的東西吧。

不過，次品和劣質品也好過純粹的假貨，假的是玻璃或者壓克力，完全是假的，次品的意思還是懂的，就是相對來說質地要差一些的貨物。

但是他們還是不懂這裏面的門道，次品的玉跟做出來的劣質ＢＣ貨卻又是兩個意思，次品和劣質玉對人體並無害，但通過強酸浸泡和填矽膠等ＢＣ貨卻是對人體有傷害，佩戴在人身上，遺留的強酸成分對人體是有傷害的，而且只要過一兩年時間，鮮豔的顏色就會脫落，再也無法恢復，即使再用做假的方法也做不出來了。

那些店員無論怎麼吹怎麼說，是騙不到周宣的，要說周宣雖然沒做過假，但他經歷過的可不是這些普通店員能想像的，所有做假的方法他都知道，也都騙不過他，而且所有的假貨也瞞不過他。

這些玉件成本僅幾十塊，但賣價卻是十倍以上，這個利潤簡直就是暴利了，可不像周宣那兒，他賣出去的都是撿漏或者靠冰氣做成的頂級物品，那價錢貴是理所當然的，但天下那麼多的古玩店，不可能都有他那個能力，人家靠的就是這幾百塊的收入，積少成多，一天能做成這樣的小生意七八件，那也是幾千塊的利潤，要說真古董，又哪裡會有那麼多？

真正交易的那些古董，怕也有一大部分是贗品假貨，但古玩買賣，買到贗品假貨那也只能打落牙齒和血吞，在這行就是這個行規，考的是眼力和技術，要是打眼上當，那也只能怪你本事不精了。

周宣是肯定不會上這樣的當，只是逛了幾家也不曾見到在傅遠山那兒見到的那些高級贗品。

周宣曾試探著問了一下，有沒有更好的古董，但對方瞧了瞧他跟魏曉雨的樣子，似乎有些不相信他們，人靠衣裝佛靠金裝，穿得這麼差還能買得起幾十萬上百萬的古董？

周宣苦笑著跟魏曉雨出了店又往前面走去，在一間名爲「石頭記」的古董店前停了下來。

看這個名字倒是有些韻味，好像紅樓夢一樣，從這個名字上就可以猜想到，這一家古玩店的主營業務就是玉石一類了。

二人進了店。店面的規格形式跟其他店區別不大，但櫃檯裏的玉件確實要多一些，品種和款式都要多得多。

周宣看了看，玻璃櫃子裏都是玉件，架子上是瓷器，玉件多得多，而且從左到右，一長條都打有價格。

最低的是一百多，然後是兩百多，三百多，到右邊末尾處還有七十幾萬的鐲子一類的，這倒真是比別的店要多一些。

而那件七十多萬的鐲子，周宣用冰氣一測，這個東西雖是真的，只是也做過手腳，並不是最純的玻璃地的老坑種，而是水地，裏面有少量的雜質，但通過手段造假，看起來跟冰地相似，透明度高，顏色很誘人。

如果按實際的價值來說，這個鐲子成本算上做工一起，不超過一萬元，叫價七十六萬明顯是亂叫。但擺在那兒，卻也沒有人敢說這是價值不符的東西，只會有人驚嘆，什麼時候自己才買得起這樣的好東西呢，而卻不是懷疑它是個價值不符的次品。

周宣不由得嘆氣，能把一萬的東西開價標成七十六萬，這個店老闆也夠黑心的，要是他，肯定不會賣超過一萬五。

周宣對自己店裏的規定很嚴，不怕賣高價貨，但不能賣假貨，這是他的原則，反正他來源是不愁的，就是要用品質跟別的店競爭。

這間「石頭記」的店員也跟其他店不同，在玉石櫃檯處有兩個女店員，長相靚麗，而古玩架子的銷售，則由坐在裏面的一個老頭負責。

周宣瞧了一會兒，沒看到他想要找的東西，正要叫魏曉雨一起出去，忽然從裏間走出來一個三十來歲的男子，打扮得油粉滑面的，衝著櫃檯裏的一個女孩子笑道：

「小琳，今天晚上有個飯局，下班後跟我走，老規矩啊，記雙份工資！」

周宣在聽到這個男人的聲音時，怔了怔，覺得好耳熟，又看了看那個男人，亦覺得很面熟，但一時又想不起來在哪兒見過。

櫃檯裏的女孩子咯咯笑道：

「方經理，雙份工資可不行，去了又是喝酒，上次喝那麼多酒我可是吃了大虧，不知道……不知道被多少雙手……嘻嘻……」

周宣聽到這個話倒是想到是什麼意思了，不過這個女孩子說話輕佻浮脫，想來也不奇怪了，只是聽到她嘴裏叫著「方經理」時，周宣心裏一動，忽然間一下子想起來了！

再瞧瞧那個男人，果然是他！

這個人竟然是周宣最早進入這行時所遇到的一個人，那就是在南方「靜石齋」陳三眼那個店裏的經理方志誠，也就是陳三眼的小舅子。

這是周宣最早遇到的一個對手，陳三眼走後，方志誠就處處爲難他，最終還是趁陳三眼不在的機會把他給趕走了。

雖然周宣沒有什麼損失，但方志誠對他做的那些事，著實讓他難以原諒，即便已經被辭退，方志誠還是請了人在巷子裏襲擊他和傅盈，要不是傅盈身手了得，只怕二人都要吃大虧！這個方志誠，就是個十足的小人！

後來，周宣在江南陳三眼的總店裏又遇見了那個傢伙，憑著自己的冰氣異能，他倒是把方志誠及其合夥人在賭石廠裏狠狠懲治了一下，當時他們都受傷頗重，現在，似乎已經又恢復了元氣。

周宣無論如何也想不到，今天會在這兒遇見方志誠！

方志誠不是在陳三眼那兒做經理嗎？在南方的分店，大權在握的，怎麼會來到了江北？看樣子，這個店不像是陳三眼的店，規模較小，而且江北江南，隔得天遠地遠的，方志誠上次給周宣設計，遭創極重，沒料到現在倒又是重來了。

一遇到這個舊時的仇人，周宣就沒想著要馬上走掉，而是想再看看，看看方志誠現在的情況。

而方志誠出來的時候，一雙眼也是從周宣和魏曉雨臉上掃過，然後又落在了櫃檯裏面那個叫小琳的女孩子身上，對周宣兩個人沒有半分在意。

以他對周宣的恨意和對美色的渴望，不可能不注意到他跟魏曉雨，他現在這個表情，那只能說明魏曉雨的化妝很成功，方志誠沒瞧出半分破綻。

周宣的冰氣有改變喉嚨發聲的能力，上次對付莊之賢時就用過，當即壓制著喉嚨，把聲音改變得沙啞了一些，低沉著對那個叫小琳的女店員說道：

「小姐，這個玉掛件拿出來看一下可以嗎？」

小琳怔了怔，分明見到周宣和魏曉雨兩個人正準備出店門的，怎麼又回來看起了玉石掛件？再說，看他們的樣子也不像是有錢人，而他問的這件翡翠掛件標價一萬六千六百八，是蛋青地無雜質的翡翠，在他們這個店裏來說，也算是真品了，雖然價質不會超過兩千，但還是屬於真貨。

周宣當然知道，那小琳怔了怔，從櫃檯裏把這個玉觀音掛件拿了出來。

周宣拿到手裏慢慢觀看，這油青地的翡翠不算高檔貨，但質地還算不差，沒有雜質，顏色也很綠，確切地說是「青」，與上品的帝王綠是不同的。

一般來說，若要做價值高的飾品物件，通常要品質好的翡翠，而雕刻做工師一般也會選擇做成鐲子，戒指等等，往往這一類首飾件會賣得更高價，但有時也會按翡翠本體的形狀來做。

估計這塊油青地的翡翠就是因爲本體形狀限制，做其他東西並不適合，所以才會做了這個觀音像。

周宣看了看，然後放回玻璃櫃檯上，淡淡說道：

「好，小姐，請幫我包起來吧！」

周宣這個動作並不像是要買下來的動作，而且話也說得很平淡，那個小琳根本就沒有反應過來，誰都不會以爲周宣和魏曉雨會要這個東西，而且連價錢都沒有說，這可是一萬六千多啊，相當於她半年的工資，難道看走眼了，這個相貌粗俗的男人竟然是個大款富豪？

可著實不像，不僅他本人不像，穿的衣服，臉上的神態，還有跟著他的女人，無論哪一點都不像是一個有錢人。

還是方志誠反應快，到底他是老闆，趕緊哈哈一笑道：

「小琳，拿盒子裝好，小娟，開單，這位先生，請二位到這邊坐下慢慢等，馬上就好，稍等片刻！」

方志誠心喜得很，沒想到今天竟然會做成一筆大生意，這一萬多元的東西，本錢只有一千六，再扣掉給方小琳的利潤提成，他的利潤還要剩一萬三左右，這算得上是一筆不錯的收入了。

在金店或者是方志誠這種古玩店，所有的銷售小姐的收入，基本上都是按底薪加提成來算的，底薪都不會很高，除了大品牌名店，一般的底薪都定得很低，主要收入是靠銷售提成的，而她們也都明白，在所有的貨物中，鉑金、白金、翡翠等品項的利潤提成是最高的，黃金提成最低。

因爲黃金沒有多少利潤空間，跟國際上的市價是相差不大的，店裏的物件也只是多了做工費等，所以給店員的提成也很低，比如說黃金首飾吧，賣價一千的，金店的利潤不會超過五十塊錢，而給店員的提成是百分之一，就是說只有五毛錢左右，賣個四五千的黃金首飾也只有幾塊錢，多則是十來塊錢的提成。

鉑金和白金就高一些，因爲利潤高一些，金店的利潤會有百分之二十到四十之間，給店員的提成也有百分之二三不等，賣價兩千，利潤至少有五六百，店員提成能拿到二三十，能說的銷售員，一天銷售幾萬塊的首飾是很平常的事，提成幾百塊錢也是常事。

利潤最高的其實就是翡翠玉件了，這主要還是國家對這方面的制度較少，也主要是最近十幾二十年才興盛起來的，加上這東西產地又不在國內，中間給經銷商鑽的空子就多了，而絕大多數消費者並不懂，有錢人更無所謂。

一件普通的翡翠首飾如果本錢花了一千，大致上會被叫價一萬，甚至更高，而店老闆對員工的提成也更高，達到百分之五以上，對某些賣價超高的物件提成甚至會換成分成，拿同樣價錢的貨物來算，一件兩千塊的玉件，利潤會有一千七八，而給員工的提成就是一百塊左右，若是賣了一件一萬塊左右的玉器，員工的提成能拿到一千塊左右，所以在任何一家店裏，店員最喜歡的就是推銷玉器。

老闆也是鼓勵店員多賣玉件的，相對來說，他的利潤也是最高，所以一般的顧客到金店裏，銷售小姐上前第一推薦給顧客的就是玉件，第二是白金和鉑金類，最後才是黃金，能買玉飾的就遊說你買玉飾，實在不行才賣鉑金、白金，他們保證會跟你說玉是最好的，對人身體有益，能保值升值。

當然，玉質好的珍品，不否認肯定會升值，因為如今翡翠的開採太嚴重，一塊質地超好的翡翠原石，在國際上叫價就達千萬以上了，但與買普通玉件是毫無關係的，通常你花個幾千幾萬甚至幾十萬都不一定買到好玉，比如方志誠店那個七十六萬的鐲子，實際的價值只有一萬來塊錢，如果買了，那鐵定就是虧損，無論怎麼升值都升不了幾十萬去。

魏曉雨是認不出古董或者這些玉的品質好壞高低的，周宣既然出手要買這個東西，她自然是不會阻止的，一句話不說地坐在他旁邊。

第一八三章

大魚上鉤

周宣剛剛那漫不經心的話讓方志誠心跳不已，
如果能做成一樁上百萬的大生意，他賺的至少就是兩三成，
就算只能有一百萬左右，那也是一筆大的收入，
自打他在這兒開店以來，就沒遇到一件這麼大的生意。

方志誠本想奉承幾句，說周宣有眼光，買到好東西，又或者給老婆戴又增值又好看，但搞不清魏曉雨是不是他老婆，如果是買給老婆的吧，那肯定會讓她試一下說一下什麼的，但周宣根本就沒說讓魏曉雨上前試一下的話，而且魏曉雨自己也不說話，好像與她無關。

無論周宣是買給她或者是送給二奶三奶什麼的，但如果說他們不是夫妻的話，方志誠也奇怪，兩個人相貌普通，年齡相仿，如果不是夫妻，哪裡會一起出來遊玩呢？

通常男人如果出來玩樂，帶的肯定是小老婆，男人嘛，只要有錢，捨得花錢，漂亮女人有的是，但這個男人怪了，帶一個這麼普通的女人出來，不是老婆是誰？但如果說是老婆，表情又不像，沒有哪一個女人會忍得住老公買東西送給別的女人！

經驗豐富的方志誠都分辨不出來是怎麼回事，只是嘿嘿陪著乾笑幾聲，又趕緊叫店員出來泡茶，能讓他賺一萬塊的顧客，也值得泡茶伺候了。

周宣又說道：「老闆，我沒有現金，只能刷卡，可以你才開單啊，如果不能刷卡，我現在就買不了，只能取了錢再來！」

「可以可以！」方志誠連忙堆著笑臉點著頭，「我們店裏裝了刷卡機，是可以刷卡的！」

那邊櫃檯上，方小琳用小錦盒裝好了觀音像，另一個女孩子開好了單，方志誠親自拿了過來遞給周宣，一萬六千六百八，周宣心裏冷哼了哼，這個方志誠，心太黑！

不過周宣表面上當然不會露出那個表情來，只是笑笑著接過錦盒和單據，看也不看就塞進了衣袋裏，然後又漫不經心地問道：

「老闆，瞧你這裏比其他家真貨多一些，走了好多家才看中這一件！」

方志誠嘴裏呵呵直笑，道：

「是啊是啊，我做生意，最講究的就是誠信，您既然看過了那麼多店，那當然就明白了，我這店裏都是真品，只賣真貨不賣假貨，缺德事我們不幹！」

聽方志誠說得大義凜然的，方小琳和另外一個女店員相視低了頭直笑，但絕不敢出聲，而且也是背著這面的。

周宣冰氣測動著，她倆的表情自然是瞞不過他，再說，這件玉觀音又哪裡能瞞得過他？

方志誠十分得意，像周宣這樣自以爲懂一點皮毛的外行人他見得多了，多吹捧奉承幾句就上天了，然後會掏更多的錢，嘿嘿，狗屁的懂行！

不過還是有些意外，沒想到這人毫不出眾的衣著外表，居然不動聲色就買了這件一萬六千多的觀音像，倒真是人不可貌相了！

周宣也笑了笑，說道：「是啊是啊，我看你這裏好貨不少，不過我中意的就不多，有沒有……那個？」

周宣說著，用手勢比劃了一下從地下挖掘的姿勢。

方志誠怔了怔，心裏又重新打量了一下周宣，然後才呵呵笑道：

「這位先生，要那個嘛，呵呵，您看看我架子上的東西，可都不差啊！」

「老闆，咱們都是明人，不說暗話。」周宣嘿嘿一笑，說道：「你上面那些東西入不得我的法眼，好與壞嘛，咱就不說那麼多了，我只問你有沒有，如果你有，價錢合適，我立馬買下，多少不限！」

周宣這話口氣並不重，一般人聽來有吹噓的成分，古董這東西，多少不限，這是多麼大的口氣？

不懂行的人不知道，懂行的人可就明白，就算是過千萬身家的富豪也不敢隨便說這話，古董那東西，少的幾千上萬，多的幾百萬，幾千萬，甚至過億都不奇怪，能叫多少不限的話，可不是一般人。

周宣口氣說得很平淡，方志誠心裏顫抖了一下，有點不確定，如果真是個大買家，那他如果能做成幾筆大生意，賺的可不就是像店裏這一點了，店裏的收入對於普通人來說，那是豐厚之極，但對於方志誠這種見過大錢的人來說，那只能是塞牙縫，混日子。

方志誠自從被周宣設計陷害後，一度不振，後來還是陳三眼念及親情，拿了五十萬給他，讓他到江北來開店，以後賺多賺少就是他自己的事了，也不會再給他錢。

方志誠當然不敢再胡來了，用這五十萬開了個小規模的古玩店，主要還是經營玉器，每個月除了店租、人事等所有開支，月入還有三四萬，算是能過日子了，但要像以前在陳三眼手裏那樣，可就達不到了，現在開的車也就是一輛九萬塊的現代，豪氣不起來了。

但周宣剛剛那漫不經心的話讓方志誠心跳不已，如果能做成一樁上百萬的大生意，他賺的至少就是兩三成，能拿二三十萬，如果更多，那就更不止了，就算只能有一百萬左右，那也是一筆大的收入，頂他店裏的半年收入，自打他在這兒開店以來，就沒遇到一件這麼大的生意。

但又懷疑周宣的身分，他打的主意當然明白，因爲他要賣的東西是假貨，並不是真貨，所以利潤才會有那麼高，不過人家的假貨做得真，一件貨的本錢也要二十萬，但這個本錢，卻是要他自個兒掏出來的，又因爲是贋品，所以得小心爲是，再說了，如果當真的話，這可是國家禁止的，一查就會出問題，所以得小心又小心。

瞧著方志誠狐疑的樣子，周宣不再多說，掏出皮夾，取出銀行卡刷了卡，然後簽了名字，這才轉頭對魏曉雨道：

「曉雨，咱們走吧！」

魏曉雨點點頭，站起身跟著周宣往店門外走。

方志誠猶豫了一下，眼見周宣兩個人毫不遲疑地走到了門外，終於忍不住叫道：

「先生，先生，請等一等，等一等！」

周宣停了步子，回轉身瞧著方志誠。

方志誠早迎了上去，笑呵呵地道：

「先生，請進來坐下慢慢說，慢慢說，慢慢說！」

周宣對魏曉雨微微一笑，牽了她的手，笑道：「那就聊聊吧！」

方志誠把周宣兩個人再迎進店裏，坐下後，馬上對方小琳吩咐道：

「小琳，到裏面把我那頂級的黑普洱拿出來泡上！」

周宣趁方志誠跟方小琳說話，沒別的人注意他，當即伸手到衣袋裏把剛剛買下的玉觀音捏在手裏，運起冰氣，然後對方志誠笑笑道：

「老闆，聊這些之前，我倒是想起了一件事，我有件物品想出售，不知道老闆有沒有興趣瞧瞧？」

方志誠心裏一跳！媽的，別是叫回來了一個騙子吧？本是想詐他一筆錢，卻沒有想到剛叫回來，屁話沒說，他第一句話就是問自己要不要買他的東西，難道花一萬多塊就想騙老子上當？門都沒有，只有老子騙人的份兒！

狗日的，要不是當初給那天殺的周宣騙了，自己哪裡會落到現在這種境地？要不是他，現在他還不是開好車，泡漂亮馬子，過著幸福日子，哪像現在，自己還得拼命辛苦撈錢！

要不是周宣剛剛花一萬六千多買了塊觀音像，方志誠幾乎就想馬上把周宣和魏曉雨趕出店門，但畢竟是賺了人家真金白銀的一萬多塊，好不容易還是按捺住性子，嘿嘿道：

「先生，您倒是想買還是想賣啊？」

對於周宣說想要出手一件東西，方志誠根本瞧都不想瞧，這種人，無非就是先撒點餌，然後再釣大魚，可惜了，他方志誠就是個整人的主，還能讓別人來整他？

周宣自然是明白這傢伙心裏的想法，淡淡道：

「好東西我當然要買了，但也要能入得了我的眼，嘿嘿，一般的貨，說實話吧，我也瞧不上眼，你有特別的嗎？」

周宣嘲謔地盯著方志誠，說道：

「就比如我這一件吧，說實話，我還不願拿出來給你看，不知道你們這些店出不出得起那個價，估計是難！」

看到周宣一副吹噓的樣子，方志誠愣了一下，如果是騙子的話，應該沒有這樣的口氣吧？要是想讓他上當，可不是說幾句大話就可以騙倒他的。

「呵呵，既然先生這麼說，那也不妨拿出來讓我瞧一瞧？」方志誠想了想，對周宣說了這個話，周宣的表情已經讓他起了極大的興趣。

周宣淡淡一笑，從衣袋裏把那塊觀音像拿了出來，當然沒有再用那個錦盒子，把玉輕輕放在了桌子上。

周宣是用冰氣轉化成了一幅萬馬奔騰圖，在邊上又用正楷的形式把法國文學家布封的《馬》雕刻在萬馬圖的旁邊。

這篇關於馬的文章，全文長兩千一百二十六個字，而另一邊那萬馬奔騰圖，圖上的馬雖然沒有真正的一萬匹，但一千匹肯定是有的，各種各樣的動作，有奔跑揚蹄，有張嘴嘶鳴，有四蹄飛躍，千百形狀，各式各樣，而旁邊的文章又是法國文學家的名作，確實算得上是中西合璧。

最關鍵的，是這些圖畫與文字全部都集中在那塊圓形的、比一塊錢硬幣也大不了多少的翡翠上面，這才是最讓人驚奇的地方！

方志誠雖然不是頂尖的高手行家，但這一行做了這麼久，對玉的知識遠比普通人多，一眼便瞧出周宣拿出的這塊翡翠雖然是真貨，但卻不是什麼頂好的東西，跟自己剛剛賣給他的那塊差不多，不置可否地笑了笑。

只是再多瞧一眼時，倒是怔了怔，似乎上面還有別的花紋圖形，於是拿到手上仔細瞧了瞧，這塊玉，質地雖不特別好，但圖形卻很奇怪，呆了呆後，叫店裏那個老師傅把放大鏡拿出來給他。

方志誠從老頭手中拿了放大鏡再瞧了瞧，這一瞧卻是立馬驚得目瞪口呆，做聲不得！

呆了半晌，方志誠臉紅耳赤的，然後又拿了放大鏡再度仔細看了起來，這一次觀察就仔細得多了，一點一點地細看。

方志誠這傢伙雖然不學無術，肚子裏沒什麼墨水，也絕不會知道法國文學家布封是誰，但這小小的翡翠上面刻了那麼多的馬，旁邊又刻了至少有幾千個字，這是微雕啊！不管這玉質的好壞，單論這件微雕的話，那可是個好東西！

其實方志誠還不十分清楚，翡翠是做不了微雕的，以前也沒有哪個微雕大師用翡翠做出來過，而就算用別的材料做出來的微雕，那也容納不了這麼多的圖景。

只是周宣自己身上沒有材料，更沒有好質地的翡翠，所以就在他這店裏買了一塊，質地雖不很好，但還是一塊真正的翡翠，再者，他的冰氣異能雖然只恢復了一成，但轉化這麼一丁點的物品還難不倒他。

方志誠立馬就清楚自己手上拿的是個好東西了，只是不知道到底能值多少錢，他本身做古玩這一行，贗品作假那也是做古董，要做有年份的東西，做到人家認不出來才行。

但微雕這個東西就跟古董完全不同了，只要能雕刻出來，不論是什麼材質，又或者多少年份，那都不重要，重要的是微雕上面的景物，微雕本身的技術做得好不好，手工技藝高不高，這個才是重要的。

這件翡翠微雕上面，方志誠用放大鏡看得仔細，那些馬的形態活靈活現，栩栩如生，這個技術絕對是好的，而且旁邊那些字，少說也有一兩千，只是他的放大鏡倍數不高，看不清楚是些什麼字，要完全瞧清楚，那得找一個倍數高的放大鏡才可以。

方志誠到底還是自身的底子不厚，雖然知道是好東西，但卻是估計不出真正的價值，當即對拿放大鏡的老頭說道：

「老張老張，你來看看，看看這東西怎麼樣！」

老張早有些奇怪了，就站在他旁邊沒動，聽到方志誠一吩咐，馬上從他手裏接過放大鏡和那塊玉，仔細地瞧了起來。

老張是方志誠請到店裏做掌眼的技術師，當然，以方志誠的薪水和店的規模也請不到最好的，不過老張的經驗還是很豐富，做了幾十年，在這一帶也還是有些小名聲。

老張只瞧了一眼，當即呆了呆，手也有些發顫了，方志誠趕緊伸出雙手托在他手下面，驚道：「老張，別摔著了！」

方志誠當然害怕，這件翡翠微雕要是摔碎了，他可賠不起。

老張手確實有些哆嗦，趕緊坐了下來，把沙發上的一個軟墊子拿到桌子上，墊到手下，這才又拿著放大鏡再度仔細觀察起來。

這一看，老張臉色一陣發白！

這件翡翠微雕的質地，也就是說，翡翠本身的質地並不是很好，這是他唯一感到奇怪的地方，一般來說，技藝達到這件微雕級別的，應該是超絕的大師，一個大師在做一件作品時，不僅僅是要把作品做得好，而且還要選材選質，以這個大師的級別，要選也該選一件極品的翡翠啊，怎麼可能只用了這麼個普通的油青地？

不過，就算是油青地，以這件微雕的價值，那也是一件超出他想像的珍品，因爲在他的所知中，還沒有哪個大師做出的微雕能收納這麼多的物景，而且也沒有人用翡翠做出過微雕，這就更加的珍貴了！

不過，老張手上的這個放大鏡倍數並不太高，所以也並不瞧得十分清楚，這就好像看一本書或者一部電視劇，正要看到精彩處卻忽然完了，那種心癢難搔的感覺啊！

「小陳，去把華昌店裏那件兩百倍的放大鏡借回來！」

老張趕緊吩咐店裏的員工小陳，到隔壁的古玩店裏去借更高倍數的放大鏡回來，他要把這件微雕看個清楚。

這東西就不存在著贋品假貨了，因爲能把這麼多的景物活靈活現雕刻到只比一塊硬幣大一丁點的物體上，不管這件物體珍不珍貴，材質好不好，都已經是一件了不起的物品了，再加上翡翠的不可微雕性，那就更了不起和更難得了。

此刻，方志誠和老張兩個人的注意力完全放在了這件微雕上，絲毫沒有再注意和觀察周宣兩個人。

周宣自然也無所謂，方志誠認不出他來，就沒有什麼好擔心的，以前自己做了那些微雕，所賣得的價錢讓他心裏早已有數，這件微雕雖然本身的質地差了些，但微雕的技術和價值卻是不會低，以方志誠現在的實力，肯定是不夠拿下來的，但是他能夠找別人，找更有實力的人合作，這樣就有可能拉扯出他想要找的人，或許也可以知道一點那些做贗品的線索。

第一八四章

白菜價

「方老闆，你也太離譜了點吧，這件微雕，依我看來，
不值一千萬也值五百萬，你才給人家開六千？
要是換了我，哪怕就是討價還價，
我也忍不得人家對我的寶貝出白菜價來侮辱！」

當小陳把放大鏡借回來後，老張趕緊又拿了這個高倍的放大鏡再看起來，這一下就看得清楚了許多。

老張可不是方志誠那樣半桶水，他是有一定實力經驗和見識的，面對著這件微雕，慢慢細看下來，越看越是心驚。

透過高倍放大鏡，這時也看得更清楚，那過千的馬無不生動活躍，似乎就要跳出畫面變成活的，這個畫工就已經不是凡品，更別說還要微雕，更是難上了無數倍，做這件作品出來，那得要畫技和微雕技術都達到爐火純青的地步，二者缺一不可！

再看看右面，這時才看得清楚那些字，但仍然很吃力，如果再有更大倍數的放大鏡就更好。

「《馬》，布封，人類所曾做到的最高貴的征服，就是征服了這豪邁而剽悍的動物——馬：牠和人分擔著疆場的勞苦，同享著戰鬥的光榮；

牠和牠的主人一樣，具有無畏的精神，牠眼看著危急當前而慷慨以赴；

牠聽慣了兵器搏擊的聲音，喜愛牠，追求牠，以與主人同樣的興奮鼓舞起來；

牠也和主人共歡樂：在射獵時，在演武時，在賽跑時……

……牠不能和獅子一樣翹起尾巴，但是牠的尾巴雖然是垂著的，卻於牠很適合。由於牠能使尾巴兩邊擺動，牠就有效地利用尾巴來驅趕蒼蠅，這些蒼蠅很使牠苦惱，因為牠的皮膚雖然很堅實，並且滿生著厚密的短毛，卻還是十分敏感的。」

從上到下，一行是三百五十餘個字，一共六行，全文是兩千一百二十六個字。

老張並沒有讀過這篇文章，但也知道這是一篇專門說馬的文章，他並不關心這篇文章是誰寫的，他所關心的只是這件微雕上竟然雕刻了這麼多的東西！

這些字多達兩千餘，馬匹超過一千的實數，這麼多又完全彙聚在一塊不足五公分的翡翠上面，畫面的精微，筆劃純熟老練，雕刻的字工筆正楷，成大家風範，再加上翡翠的不可微雕難度，這一切都只能說明，這是一件價值不可估量的珍品。

老張驚嘆之餘，又不禁偷偷瞄了瞄周宣，這個人正無所事事地瞧著他們店裏架子上的那些物件，渾不在意。

老張跟方志誠對視了一眼，心裏暗暗驚愕，不知道周宣知道不知道他這塊微雕的價值？如果知道也明白的話，那他們就是白流饞涎了。

按這微雕的價值，他們根本就不可能買得起，只是如果周宣不明白的話，他們倒是可以撿個天大的便宜，發一筆大財，也許就這件東西，就能讓方志誠超越以前，變得更富有！

而且周宣不是還說了句，想出手這件東西嗎？這讓方志誠心裏抱了僥倖心理。

兩個人沉默了一陣，然後，方志誠才小心地盯著周宣，裝作無關緊要的樣子問道：

「先生，呵呵，貴姓啊？聽口音，好像不是本地人哦？」

方志誠先沒有問價錢，而是閒扯著問周宣別的事，周宣自然明白，這傢伙是來試探他的虛實了。

說實話，以前周宣是設計陷害他，玩的都是虛的，用冰氣異能設了陷阱讓他鑽，現在這一次雖然也是設計，但做的這個東西倒不算是假的，有了前面賣過的經驗，他知道這件微雕要是賣的話，至少也得過億的價錢，方志誠是承受不了的。

「在下姓魏，我是南方人，到這邊來，一是遊玩，二是順便看看有沒有好的古玩，我生平不好別的，就喜好收藏珍品！」

方小琳這時候也瞧出有些不尋常來，想到這個看起來很平常的周宣肯定不平凡，還真是走眼了。

她雖然不知道這件玉微雕的價值，但見到老張和方志誠的樣子，就知道這東西肯定不簡單，老張和方志誠雖然裝作無關緊要的表情，但可瞞不過她，在古玩店裏，每天不知道要上演多少這樣的戲碼，她們要做的就是把來當來賣的東西說成一錢不值，把要賣的東西卻又說成價值千金！

泡好的普洱茶倒進杯裏後，方志誠趕緊請周宣和魏曉雨喝茶：

「魏先生，請，請喝茶！」

茶水渾黑，這是普洱的顏色，只是這茶具和泡茶的手法都沒火候，茶喝到嘴裏苦味甚重。

這方志誠的茶一般，估計他也不是真懂，方小琳泡茶的工夫也差得很遠，無非就是將滾水泡進茶葉裏。

周宣雖然不懂，但跟一些茶道高手也打過不少交道，通常一些收藏大家也很懂茶道，周宣跟他們喝過茶，聽過他們聊茶道，這方小琳的茶，跟他們可是沒得比的。

周宣只淡淡喝了一小口就放下了，這個方志誠，做什麼都只不過是掩飾他的真意，目的還是只爲了試探他這件微雕而已。

方志誠雖然被周宣整過，掉到了谷底，但好在陳三眼念在親情上，給了他最後一次機會，吃過虧，上過當，受過苦，心智也練得狠了一些，但終究還是一個上不得臺面的傢伙，遮遮掩掩一陣子後，終於說了出來：

「魏先生，你這件翡翠質地不是很好，屬於油青地，呵呵，你要出手的話，要多少？」

周宣心裏一陣冷笑，這傢伙頭先賣給他的時候，就說是極品上等翡翠，賣給他一萬六千六百八都是便宜了，轉眼間要買回去的時候，同樣的東西，馬上就變成質地不好，是油青地而已，分毫不提微雕，但無論他怎麼狡猾都沒用！

「油青地是油青地，微雕嗎，我倒是懂一丁半點的皮毛，不過聽做這件微雕的大師說，賣，他是從來不賣的，不過有同樣價值的古玩古董，他倒是喜歡交換，這件東西就是他讓我拿來交換的！」

方志誠臉上略有失望的神色，如果周宣一定要用古董來換的話，那倒是有些麻煩，因爲就算他去用贗品來換，那種等級的贗品也要二三十萬一件，而且還不知道周宣要幾件才同意換。

如果只是介紹生意，周宣要花高價買古董的話，方志誠是有提成的，但現在是他看中了這件微雕，想自己獨吞，那就需要他花錢先買下贗品來跟周宣交換了，一樣是要掏錢出來的！

周宣瞧著方志誠的表情，淡淡笑了笑，漫不經心隨意地問了聲：

「老闆，如果不換，那也不是不可以，你能給多少錢？」

方志誠見周宣忽然又轉變了口風，怔了怔後，才沉吟著道：

「如果出價啊，油青地的價值確實不高，只是微雕看起來還行，要不……我出高一點，這個東西嘛，六千……怎麼樣？」

周宣不由得嘿嘿一笑，連老張都有些尷尬的表情！

當真是把這件微雕當成白菜來對待了！

老張跟方志誠做過不少這樣的戲，但方志誠說得這樣離譜，讓他還是覺得臉有點紅！

周宣剛剛買了他們一件油青地的觀音像，花一萬多上了當，人家屁都沒放一個，看起來也不像沒有錢的主，這件微雕不用別人說，想來他自己肯定也明白價值，被騙一萬多像沒事人一樣，方志誠卻只開了個六千，人家會缺這六千塊錢？

果然，周宣嘿嘿一笑，把微雕拿回去塞進自己衣袋中，然後說道：「老闆，告辭了！」

方志誠眉毛一挑，趕緊又說道：

「魏先生請坐請坐，這樣，我再跟老張商量一下，請稍等片刻！」

方志誠說完，趕緊對方小琳暗中做了個捏拳的動作，這意思是讓她把周宣無論如何要留住，不能讓他走了。

方志誠跟老張到了裏間，還沒說話，老張倒是埋怨了：

「方老闆，你也太離譜了點吧，這件微雕，依我看來，不值一千萬也值五百萬，你才給人家開六千？要是換了我，哪怕就是討價還價，我也忍不得人家對我的寶貝出白菜價來侮辱！」

「五百萬？……一千萬？」

方志誠嚇了一跳，他雖然知道這個東西是好東西，但也萬萬估計不到會有這麼高的價值，他估計也就是最多能賣個幾十萬到百萬之間，如果最終以一兩萬以內的價格拿下來，那就算賺到了，所以說出六千來說，雖然是低了點，但也不會覺得太離譜，這做生意嘛，講的也就是低價進高價出，有什麼離譜不離譜！

老張哼了哼，又道：

「你可能不知道，翡翠是沒辦法做微雕的，這件東西能做出來，那就是有逆天的本事，這份手工技術，那就是無價的！再說了，對微雕我涉獵雖不太多，但名作我也見得不少，拿那些最有名氣的微雕大家的作品來比吧，人家的微雕，那景，那物，那字，那畫，就算工藝水準技術不差，但數量卻差得多了，所謂微雕微雕，最講究的就是一個『微』字，這件作品中，那個微字可是發揮到了極致，說實話，我從來沒見到過比這件更高水準的微雕，除了本身的質材不是頂級的，但這微雕，可是頂級的了。要我說，一千萬，五百萬，那也只是我的估計，拿到那些喜好的人手中，這是無價之寶，是無價的！」

方志誠怔了怔，詫異道：「這個東西我也認爲是好東西，但真值這個價錢嗎？」

「幹我們這行，考較的就是個眼力，也沒有哪個敢說百分之百，現在的古玩界，假貨贗品鋪天蓋地，一個不好就會打眼上當！」

老張嘆了嘆說道：「古玩一行，比玩什麼風險都大，一個不慎就家破人亡，但微雕就不同了，微雕這個東西是不講年分之類的，這個東西也做不得假，因爲做假是沒必要的，能做出來那已經就是了不得的東西了，所以說，在這個上面，是不會打眼的。

看這個，你只要關注幾點，一是微到什麼程度，景物畫面字數，越微得多，越微得細，那就價值越高；二是微雕的功力，畫和字等的工藝技術，這跟評鑑字畫是一樣的，你我寫的字、畫的畫，自然不值錢，但張大千齊白石畫的就值錢，道理是一樣的。

魏先生這件微雕上面的畫工和字的功底，那都是大家大師的地步，這二者合二爲一，自然就價值大增，再加上微雕的技術，萬中無一啊，除了翡翠本身的質地差一些，但已無關緊要，人家關注的是微雕而不是玉！」

方志誠呆了呆，好一陣子才低聲問道：

「老張，那你說我們應該出多少錢？」

老張又嘆了嘆道：「只怕是由不得我們出價，怕的是這個魏先生會不會賣！」

「那也得出個實際的價錢啊，他問我們，這好壞總得有個價吧？」方志誠皺著眉頭說著。

老張沉吟著，好一會兒才說道：

「老闆，要出價吧，我覺得也不能太離譜，以免這個魏先生起了反感，一走了之，起碼讓他覺得我們有誠意才好，要出……就出個五十萬吧！」

「五十萬？」

方志誠心「咚」的一跳！

「不行不行，要是我們開口五十萬，他立馬就賣了，那我們豈不是不划算？」

老張暗暗搖頭，這個方志誠就是鼠目寸光，如果五十萬能買到這件微雕，那後面賺的至少是這個本錢十倍以上的利潤，可他還嫌給人家出高了，照他看來，只怕這個魏先生根本不屑這個價呢！

不過他也想到，方志誠全副身家也就一百來萬，讓他一下子掏出一半的身家來買這麼個東西，確實也肉痛。方志誠也就只適合賺個日進兩三千的數，再就是替人家跑腿，要賺大的，他沒那個心胸氣魄！

「那隨你了，這東西，我只怕你出五十萬，人家還不會賣；而且，你要是買到了，那最少能賣五百萬以上！」

老張也忍不住有些氣惱了，隨口回了方志誠，由得他自己去決定了，方志誠要不買，他也沒辦法拿出那麼多錢來吃下。

方志誠想了想，忍不住金錢的誘惑，又低聲地問道：

「老張，你肯定最少能賣五百萬以上？一定不會少？」

老張哼哼道：「老闆，你見我幾時給你瞎說過？這個東西，別說拿到拍賣場，就是我找幾個熟人來，那也是立馬掏五六百萬扔錢要貨的，五百萬的價，還是最低的！」

方志誠聽了脹紅了臉，誰不想要錢啊？猛一咬牙，拍了拍大腿，努力地壓低了聲音道：

「好，就五十萬！」

心想：只要掏五十萬買下來了，那轉手就是四五百萬的賺頭，又能讓他一步登天了，這樣的賭局，哪能不賭下去呢？

這跟前一次賭石可不同了，賭石那是因為看不懂才上當，把家當虧完了，還倒欠了一屁股的債，這一次老張已經說了，微雕就是擺在明面的事，假也假不了！

周宣在店面裏也沒用冰氣探測，因為冰氣恢復得太少，得留到關鍵的地方用，現在對方志誠的想法念頭，那是用腳趾頭都想得到，所以沒必要再去費力探測他。

方志誠和老張三四分鐘就出來了，笑呵呵又坐下來。

「魏先生，你這件微雕，呵呵，我倒是有心要，不過我想，你還是先出個底價，我看適不適合，適合我就要，如果不適合，那也無可奈何了！」

方志誠想了想，先沒有出價。不過，老張對他這個話倒是贊同，如果周宣自己真能開個價，那是最好，大家能有個心理準備，二來，也不會擔心再出太低價惹惱他。

周宣自然不會出這個價，出得少，自己不幹，出得多，太高，這傢伙承受不住，也會嚇跑他。

看方志誠的樣子，對這個微雕真正的價值並不清楚，要是他在京城見到自己在古玩店開幕時拍賣的那個場景，只怕自己出價再高，他都紅了眼會要吧，不過，他自己肯定是沒那個實力的，他就是想要，也是聯手別的有實力的人。

周宣想了想，笑笑道：「我自己出這個價，不是不可以，不過，我看你還是多請幾個有實力的老闆過來看看，然後再說！」

老張一聽周宣這樣說，就知道方志誠想要撿漏的事是門都沒有了，周宣肯定明白他這個東西的價值，之所以現在不開價，那是他認爲方志誠沒有實力，能讓方志誠覺得接受不了的價格，那就肯定不止五十萬了。

方志誠還不情不願的，可若真是出價五十萬，人家理都不會理他！

「這樣吧，老闆，你跟小陳去請林老闆過來吧，既然魏先生有這個想法，那我們就依照他的意思！」老張一想明白，馬上就對方志誠說著，又向他使了幾個眼色。

方志誠當然明白。

老張所說的林老闆，名字叫林士龍，是江北市最有實力的古玩店老闆，而且，他不僅只是玩古玩，別的事業也都做得很大。他對古玩不只是愛好，而且還頗懂，老張要他去請林士龍，那就說明這筆生意，他們大概只能賺個跑腿費了，這個周宣絕不會五十萬賣給他！

不過方志誠還是心有不甘，還沒說出實際的價格，怎麼就能確定這個持寶人就真的不會賣呢？萬一他覺得五十萬是高價，迫不及待要賣呢？

一想到這兒，方志誠忍不住對周宣道：

「魏先生，我請個人來看看、聊聊都可以，不過，我倒是想先問一下魏先生，五十萬，這個價錢你賣不賣？我猜想要是請了別人來，不一定會出這個價了！」

周宣嘿嘿一笑，歪著頭對方志誠道：

「方老闆，五十萬對我來說，只不過是一天半天的零花錢，我藏著的珍品，會只值一天半的零花錢麼？這微雕我有幾件，我只是想換別的珍品，錢麼，我倒是並不在乎！」

方志誠怔了怔，周宣這個口氣也太大了，不知道是吹牛還是真的？但有一點方志誠是明白了，那就是周宣絕對如老張所說，五十萬的價錢他不屑於一顧，看來也只能夠找林士龍合作了，不知道林士龍有沒有這個想法，願不願意做。

「那好，魏先生，再稍等一會兒，我去請林老闆過來，這位老闆也是一位喜歡收藏的人，也許他有好東西跟你交換，或者就直接掏錢買下來，怎麼都好說，只要談的條件雙方滿意！」

方志誠決定跟林士龍合作，不過，得他自己親自走一趟，跟林士龍先私下裏協商好，在這兒不方便說，商量的內容肯定是不能讓周宣聽到的。

周宣心有所思，自然是不會就這麼走掉的，笑笑點頭。而魏曉雨實在太安靜了，一聲不出，就只是默默坐在他旁邊。

方志誠跟周宣一說，然後就急急出了門，匆匆往林士龍的店走去。

第一八五章

財神爺

聽周宣說過，像他買的這件微雕作品，
他手裏還有好幾件，這讓林士龍心動不已。
如果協商得好，他來操作，那賺的可不是小數目啊，
這個人就是他的財神爺，得牢牢把他抓在手裏！

林士龍的「昌華古玩店」可比方志誠的規模大得不可以里計了，僅是店面就有方志誠的四倍，當然，其他貨物資金，那更是一個在天上一個在地下了。

這會兒，林士龍正在他店裏拿了個手封的線冊在看，這本子是贗品，他當然也知道是假的，只是閒著無聊，看看這冊子裏的字。

方志誠急急走進他店裏，店員和裏面驗貨的老師傅都認識他，同在一條街，大家都是相識的。

林士龍眼也沒抬一下，這個方志誠根本不在他眼裏。

「喲，方老闆，怎麼來我們昌華了？是不是有什麼東西要當，來周轉資金了？」一個店員調侃著他，方志誠臉一紅，明知道是嘲諷他，但也不敢說什麼。林士龍店裏的夥計就是故意的，俗話說，打狗還看主人面，他方志誠還沒那個膽惹得起林士龍。

「林老闆，我是來跟您談一件生意的，賺錢的事！」方志誠趕緊陪著笑臉，衝裏面的林士龍說道。

林士龍斜了斜眼，淡淡道：

「你有什麼生意談的？直接說吧，別廢話！」

「是是是！」方志誠趕緊媚笑著道：「林老闆，是這樣的，我有一件翡翠微雕，有……」

說著，方志誠用手比劃了一下，示著銅錢般大小的樣子，「有這麼大，上面雕了最少有一千隻烈馬，沒有一隻是同樣形態的，而且旁邊還有一篇文字，起碼也有兩千字，是什麼布封的《馬說》，專門講馬的文章，我一看就喜歡得不得了，不過……」

林士龍一怔，隨即「刷」的一下坐直了身子，眼神如電，盯著方志誠道：

「你說什麼？翡翠微雕？有一千隻馬和布封的馬說文章？」

方志誠對微雕不太懂，可林士龍就跟他不一樣了，林士龍四十多歲，身家過億，見多識廣，對於收藏也特別愛好，一聽到方志誠說翡翠微雕就吃了一驚，因為在微雕技術中來講，翡翠質硬，是剛玉，適合普通形狀的雕刻，但絕不適宜做微雕，從技術上講，是不可達到的，而且方志誠剛剛講了，銅錢般大的翡翠上雕刻了一千多匹馬和布封的馬說文章，那篇文章可是兩千多個字！

別說翡翠無法做成微雕，就說能做微雕的物件吧，那也難把一千多匹馬和兩千多個字完整的雕刻在銅錢一般大的物件上面，這個雕刻技術，就是如今最高明的微雕大師都做不到，不論技藝功底的好壞，起碼是數量就沒辦法完成！

「你說是真的還是假的？」林士龍呆了呆，然後問道。

方志誠趕緊點頭道：「是真的，千真萬確，是我親眼所見，那一千匹馬的圖，用放大鏡看起來，就像活的一樣，那些字就像書上的鉛字一樣，真是好東西，就是那翡翠質地差了一點，是油青地！」

「在哪兒？你馬上帶我去看看！」林士龍站起身來，似乎有些迫不及待，渾不像一開始瞧不起方志誠的樣子。

方志誠卻是沒動身，訕訕笑了笑，說道：「這個……林老闆，我……出了五十萬，人家沒同意賣，再說……嘿嘿……」

林士龍皺了皺眉，方志誠的意思他哪會不明白，來找他無非就是他拿不下來，但又想要撈一筆，於是對方志誠說出的五十萬冷冷一笑。

「五十萬？虧你說得出口，如果那微雕如你所說的樣子，你出五十萬人家甩你才怪！」林士龍嘿嘿笑道：「方志誠，你的意思我也明白，這樣吧，我們先說好，如果那東西我瞧得中，只要買到手，不論花多少錢，我都給你一百萬；如果那微雕的各方面都有很高水準的話，只要我買的價錢在一千萬以下，我會付給你兩百萬的好處，這可以不？」

方志誠聽了，臉上儘是喜色，連連道：「好好好，林老闆這樣說，那我馬上帶您過去，就在我店裏！」

不過方志誠表面是喜，心裏卻還是有些懊惱，看來他還真是小家子氣了，沒聽老張的話，又答應得太輕鬆了，林士龍如果花一千萬買，還能給他兩百萬的好處，那想想也知道，那件微雕至少不止賺一兩百萬。對林士龍來說，賺個兩三百萬對他沒多大意思，要是早就抓著跟林士龍談合作，自己出資訊，他出錢，好處要拿三分之一，也許就賺得多了！

方志誠本身就是那種見錢眼開，人心不足的人，一開始的時候，心裏只想著要能賺一兩百萬那就滿足了，但現在卻又想著要賺更多。

在方志誠的店裏，周宣也沒跟老張交談，只是瞧著那些架子上的貨，老張也沒再解說，那些都不是真的，說也無益，人家也瞧不中意，只能安靜地等方志誠把林士龍帶來。

林士龍跟方志誠過來的時候，渾然沒有平時的沉著穩重，急急催著方志誠，生怕那個人在他店裏沉不住氣走了。

兩個人趕回店裏，走得滿頭是汗，不過一進店，方志誠見到周宣和魏曉雨好端端坐在那兒，心裏倒是安寧了。

「這位就是林士龍林老闆！」方志誠顧不得抹汗，趕緊向周宣介紹著，同時又給林士龍介紹道，「這位是魏……」

說到這兒才發現他還不知道周宣的名字，眼光一下子又瞄到周宣臉上。

周宣也是無意提了魏曉雨的姓而已，方志誠又問他的名字時，才覺得沒頭緒，而且心裏也沒準備，瞧了瞧魏曉雨，順口就回答道：

「魏曉！」

方志誠趕緊對林士龍笑呵呵地道：

「魏曉魏先生！」

一邊的魏曉雨心裏一甜，周宣的個性，今天居然什麼事都想著她提到她，是不是表示心裏有了她？

林士龍眼光很凌厲地盯著周宣，但周宣樣子很普通，瞧年紀倒是有些琢磨不定，因爲一臉的鬍鬚，又像是三十多，又像是二十多，一雙眼睛並不是很有神；而他旁邊那個女的，長相雖然一般，但一雙眼睛卻很靈動。

其實是周宣冰氣在身，有隱藏精氣的能力，從外表上是很難看出他有特殊的地方。

「魏先生，你好你好，很高興認識你！」林士龍伸了手跟周宣一握。

周宣也伸手跟他握了一下，然後從兩邊坐下來。

林士龍眼睛又瞧了瞧方志誠，方志誠趕緊對周宣道：「這個……魏先生，林老闆是想瞧瞧你那個翡翠微雕！」

周宣從衣袋裏隨手取了出來，輕輕放到林士龍面前的桌子上。

林士龍自然不會客氣，在來的路上，一直就在想著方志誠所說的樣子，這到底會是怎樣一件珍品。

周宣拿出來放到桌上時，林士龍一雙眼早就盯得緊緊的，肉眼是看不清楚那些細微之處的，但翡翠上那些花紋已經是很精緻，很令人動容了，周宣把東西一推到他面前，他立即就伸手拿了起來，然後再抓起桌上那付兩百倍的放大鏡，仔細地瞧了起來。

方志誠尤其緊張，因爲林士龍說過了，這微雕是要他瞧得中，要他滿意他才會買，而他方志誠也才能得到他的賞金，而且只要他買的價錢不超過一千萬的話，就給他兩百萬，但要超過那個數字的話，最少也給他一百萬。也就是說，只要林士龍願意買，他最少能有一百萬的收入進賬，這如何讓他不緊張？

林士龍一邊瞧著，一邊小心地把那翡翠上下移動，以用來看清其他地方的圖形，才十幾秒鐘，額頭鼻尖上都是汗水滲了出來！

很緊張，幾乎是無法形容的緊張！

這個東西比他從方志誠話裏得到的畫面更吸引人，更讓他著迷，他的見識自然不是方志誠能比擬的，對微雕他也懂，雖然不會雕刻，但珍貴之處他可是明白。

前幾年他買了一個象牙雕的大悲咒微雕，兩百來個字，幾釐米大的東西，也是大師級的作品，他可是就花了一百七十五萬美元，將近一千二百萬人民幣！

而現在他手裏這個東西，實實在在的，上千匹馬，無論畫意，雕工，都已經達到極境，旁邊還有兩千一百二十六個字的馬說文章，工筆正楷，字正方圓，都是大師級的手法，而這一切還都不是最關鍵的。

最關鍵的是微雕！把這麼多圖面字體微縮在那一點翡翠上面，就是把當今最出色的微雕大師請出來也難以辦到！

還有一個技術性的難題，那就是在翡翠上做微雕，這個是無法實現的一件事，究竟是誰能辦到？

就衝這幾點，這件微雕就價值不菲，而如方志誠所說的，唯一有缺點的就是翡翠本身的質地不是最好的玻璃地，但若看其他方面的優點，這一點其實可以忽略不計。

任何一件作品，要說達到十全十美那是不可能的，從古到今都無人能辦到，或許那位雕刻大師是故意這樣做的吧，寶物故意留上一點瑕疵，這樣才會更讓人覺得可貴。

林士龍又激動又嘆息，真沒想到，他一生收藏，今天能碰到這樣一件珍品，可笑那方志誠還給人家提出五十萬的價錢，自己要是這件寶物的擁有者，怕不立時就給他一個大嘴巴！

這件微雕，林士龍估計，如果是純粹做生意，從商業角度上講，能以五千萬拿下來的話，仍然有一倍的賺資，至少是可以賣到一億的價錢，當然，如果是收藏的話，那多少都想要，收藏愛好者對於珍品來說，是不論價錢的。

而這件微雕，如果在國際市場上運作得好的話，拿到拍賣公司，拍到兩億以上也不奇怪，林士龍是做這一行的，當然明白。

東西是好東西，毋庸置疑的，這微雕是不比古董，還需要花很多經驗來辨識，要高科技儀器來驗證，而且用了這些，也還不能保證古董就是真的。

但微雕不同，首先看它的微，這個沒有火候沒有功底的人根本就辦不到，所以在微雕這一行，是沒有假貨贗品這一說的。

林士龍呼呼喘了幾口氣，強裝鎮定地把微雕放到桌子上，動作很輕，然後瞧了瞧周宣，又瞧了瞧方志誠。

方志誠最緊張，他害怕林士龍瞧不起這東西，那他就白費心思了，賺不到一分錢。而周宣則是無所謂，如果是識貨的，這東西百分之百會入他的法眼。

果然，林士龍臉上莫明其妙就脹紅了臉，顯然是緊張的關係，對周宣沉沉說道：

「魏先生，你這件微雕，可否轉讓給我？」

方志誠終於鬆了一口氣，只要林士龍想要就好，只要他想要，那就表示他的錢有一半希望了，也許還不止。

像林士龍這種大老闆想要一件東西，那肯定會捨得出大價錢，在金錢的誘惑之下，又有幾個禁得住呢？

周宣淡淡一笑，道：

「林老闆，我這件微雕算是件珍品，不過對於我來說，不算太特別，像這樣的東西我有幾件，林老闆如果是真想要，轉讓也無不可，不過我也是喜歡收藏的，林老闆可否有其他珍品轉手給我的？」

林士龍當即一口答應：

「沒問題，小事一樁，我本人開的是古玩店，珍藏自然是有一些，我家裏還有其他珍藏品，我現在就可以帶魏先生到家中參觀，瞧中什麼，只要談得合適，轉讓也可以，但有個條件就是……」

林士龍說到這兒，盯著周宣定定地道：

「那就是，魏先生一定得把這件微雕轉讓給我！」

林士龍嘴裏這樣說著，心裏卻是很激動，這個魏先生不知道是吹牛還是真如所說，像這件微雕，那就是難得一見的寶物，因爲不好做出來所以才珍貴。翡翠微雕，那是無法短時間做得出來的，圖形和字數那麼多，也已經超過了微雕的極限，技術瓶頸和微雕極限，就憑這兩樣，那就是如傳說一樣的寶物！

可周宣跟他說，這樣的東西他還有，如果是真的，那又是一件多麼令人震驚的事啊？不過，不管周宣是吹牛還是真實的，林士龍要的是現在就把這件寶物拿到手中！

林士龍說到他家裏觀看他的收藏，這倒是如了周宣的意。

如果說林士龍是江北最大的古玩店老闆，那他跟那些製假販假的文物商肯定就有聯繫了，就算沒有聯繫，那從他身上找到線索也容易一些，搞不好還能得到那個神秘的鬼面具人的線索。

沒把這個人的真面目弄清楚，周宣是一天也睡不好覺，吃不香飯！

「好啊，林老闆，你跟我交換也行，買也行，只要大家覺得合適！」周宣無所謂地說著，表情很輕鬆。

不過，他這個表情可是讓林士龍覺得不踏實，趕緊說道：

「魏先生，那是另外一回事，我覺得，我們還是先把這件事敲定好，反正來了，辦好一樁是一樁。我的東西，魏先生要是瞧得中，慢慢再談就是，好說好說！」

「也行，那林老闆準備出個什麼價？」周宣淡淡笑著，瞧著林士龍。

林士龍沉吟了一下，有些不好開口，但瞧著周宣淡淡笑容的表情，還是吃吃說道：

「三……三千萬，魏先生覺得怎麼樣？」

一句三千萬的話，立時讓方志誠、老張，包括方小琳幾個店員都是大吃一驚，就算是旁邊坐著的魏曉雨也是有些吃驚，她可不知道周宣身上哪裡來這麼一件小東西，竟然就值這麼多錢！

魏曉雨是知道周宣有異能的，但卻不知道周宣的異能還能做微雕，所以她還以爲這塊微雕是周宣從京城帶過來的。

林士龍是這方面的老手，砍價殺價精得很，但今天還是有些失控，主要是心態不平靜了。當然，他也看得到，現在這個場面對他是有百利而無一害的，要是在拍賣場，那此起彼伏的對手較量，可不容他這麼輕鬆地跟周宣說價錢，現在有的是有錢人在較量。

這兒就只有他一個人在場，好壞都沒有人加價，周宣自己只要覺得價錢合適，就會同意，而不用擔心有人故意跟他抬價。

在拍賣場，做局的人多得很，別看很多拍賣場熱鬧，其實這裏頭花樣多得很。很多東西都是物主自己請人競價的，他們把價錢抬高，然後自己又買回去，一百萬的東西也許抬到一千萬，甚至五千萬，一億……而他們真正付出的，只是一筆拍賣場的費用。

不過，新聞鬧得很轟動，市場人盡皆知，等到引起大眾注意後，再設第二次拍賣。再拍賣這件物品時，就會有很多有錢人來出手，那時就是真正賺了。

所以林士龍知道，他現在是佔優勢的，沒人跟他較價競爭，而周宣似乎也並不在意，林士龍本身也估計著這件微雕的真正價值，所以他說三千萬時，還是有些不好開口，要是周宣自己明白，這個價錢就算是白提了。

其他人是驚訝，方志誠卻是不同，因爲林士龍買這件微雕的價錢要是超過了一千萬，那他就只能收到一百萬了，立馬少了一半，如何不心疼，林士龍自己一開口就是三千萬，那就是沒得說了！

方小琳和老張還真是沒想到這東西值這麼多錢，老張還懂一些，但也沒想到遠遠超出了他的估計。

周宣只是瞧著林士龍淡淡笑著，也沒說話。

林士龍頓時不好意思起來，臉一紅，伸了一隻手掌，說道：

「五……五千萬！」

周宣一句話沒說，林士龍自己就加了價，幾乎翻了一番，漲到了驚人的五千萬！

方小琳和另外一個女店眼珠子都差點快掉出來了，沒料到這個貌不出眾的傢伙竟然有個這麼值錢的東西，五千萬啊，半個億，這是什麼概念？

方志誠現在成了最懊悔不已的人，先別說林士龍會叫出這麼高的價吧，這都是他自個兒叫出來的，人家姓魏的可是屁都沒放過一個，要是他早知道這微雕這麼值錢，早打主意跟周宣軟磨硬泡的，說不定三幾百萬就搞定了，瞧他現在這個樣子，怕是被林士龍說的價錢嚇傻了吧？

白白便宜了這個姓魏的，而且他方志誠的好處也只有一百萬了，要是在林士龍那兒不貪這一百萬，跟他說要百分十，就算是百分之五的提成，那也遠超過一百萬啊，甚至連兩百萬的本都保不住，真是虧大了！

方志誠自怨自艾著，老張和方小琳幾個店員驚訝著，周宣笑笑著仍然沒說話，似乎在想著什麼。

林士龍知道，這件微雕如果要拍賣，他至少能賣出一億，所以現在周宣要是不願意，還是有上升的空間，哪怕是賺一千萬，那也是賺啊！

所以林士龍猶豫了一下，正要開口再加價，周宣卻自己先開口了！

「林老闆，算了，就當交你這個朋友，五千萬就五千萬吧！」

周宣心裏清楚得很，只要他不開口，林士龍的價錢會一直上漲，至少會升到八九千萬，不過利潤空間降到很低的時候，他想要跟林士龍拉近一點的關係，可就不容易了，不如現在給他一點大的利潤空間，後面好開口。

林士龍又驚又喜，也有些詫異，剛剛就這一下的印象，對周宣的看法是，這個人雖然看起來不顯眼，但絕對是個不簡單的人，而剛剛他出價的時候，未免有些心急了，只要是個明眼人都看得出來，只要稍微忍耐一下，他是肯定還要加價的，而且一加至少也是幾百上千萬，但周宣卻在這個時候主動說成交了！

這絕不是周宣不懂得加價，因爲周宣說了，就當是交林士龍這個朋友，看來他肯定是明白這件微雕的真正價值的。

這就讓林士龍對周宣有些好奇了，高興當然是明顯的，這就是他要的結果，爲了不讓周宣有反悔的餘地，林士龍趕緊掏出支票來，當場簽了一張五千萬的支票。

在場的方志誠、老張、方小琳幾個人都是羨慕已極的眼光，五千萬啊，就這麼到手了！

周宣並不是很在乎，隨意地接過支票，隨手就揣進口袋裏，毫不在乎，就當是一張紙一般，連看都沒看一眼。

其實周宣對這事雖然不很在乎，但也不會太隨意，只不過他早用冰氣探測過了，數字沒錯。

林士龍想了想，又填了一張一百萬的支票，然後遞給方志誠，這個條件是他們剛剛說好的，也沒必要瞞著周宣。

雖然交易完成了，但林士龍還記著請周宣到他家裏觀看的事。因爲聽周宣說過，像他買的這件微雕作品，他手裏還有好幾件，這讓林士龍心動不已。如果協商得好，他來操作，那賺的可不是小數目啊，這個人就是他的財神爺，得牢牢把他抓在手裏！

第一八六章

九龍奇鼎

冰氣正探測著的，是一件圓形的小鼎一樣的東西，
小鼎邊上是九條金龍盤旋，龍尾在鼎底，龍頭對著鼎裏面，
張大著的嘴對著鼎中間，鼎底的核心是一枚圓形的珠子，
珠子卻是白色的，看起來像一顆卵石。

「魏先生，請到我家裏看看再聊吧！」

林士龍一邊請著周宣，一邊又讓方小琳給他拿了個小錦盒子，把微雕裝了進去，隨即起身，請周宣到他家裏。

方志誠訕訕地說道：「林老闆，您看我……我……」

林士龍沉吟了一下，雖然很討厭方志誠，但也不得不承認，方志誠是個調節氣氛的不錯人選，人品雖然低劣，但有時候卻可以讓氣氛熱鬧起來。自己跟這個魏曉並不熟，有他在中間穿穿線還是不錯，只要能做成幾筆大的，大不了就再扔給他一點小錢，這個人好打發。

「也好，你順便也一起去吧，跟魏先生也有話說！」

方志誠大喜，要是他跟著去了，見機而行事，說不定憑著他的手腕，又可以從中撿個幾百萬的好處，看樣子，這個姓魏的還算好說話。

往林士龍家裏去的路上，是林士龍親自開的車，車是一輛半舊的賓士S360，按林士龍的身家和地位，開這樣老款的車並不配他，甚至連司機都沒請一個，事事由他自己來。

不過，周宣倒是覺得這個林士龍有些真性情，不像一般的有錢人。只是，林士龍會與他暗中要查的文物販子有關係嗎？

不管怎麼樣，林士龍畢竟是江北很有頭面的大收藏家，實力越強，恐怕就越與那些人有關係，只要有關係，自己就有機會從他們那裏得到消息，就有機會再查下去，否則，現在就沒辦法查了，線索已經在莫蔭山那兒斷了，那個鬼面具人也消失得無影無蹤，包括他的氣息。

不過，周宣也有些安心，因爲估計到那個人也想不到他還能活著從那裏逃出來吧？

林士龍的家在城郊，並不在城裏，那裏是新開發的高檔別墅區，林士龍的車不怎麼樣，穿著也不怎麼樣，但房子卻是奢華得很。別墅占地至少有一千平方，獨立花園，游泳池，該有的都有。

一到林士龍的別墅裏，傭人就端了茶水上來。

林士龍呵呵笑著道：「魏先生，先休息一陣，喝個茶，然後再到我的收藏室去，不急這一時！」

周宣自然是不會急在這一時，只有方志誠一個人最急，只有周宣跟林士龍兩個人互相買得多，他得到的跑路費才會越多。

周宣也是希望方志誠跟著一起來的，這個人早就跟他爲仇了，今天又在他手裏買了那件名不符實的油青地，自己雖然從林士龍手中賺了五千萬，但那是靠著冰氣異能應得的，再看看後面的情況，如果能報復一下方志誠，他是不會放棄的。

喝了一陣子茶，林士龍再提起了那個話題，周宣笑了笑，起身道：

「那好，就看一看林老闆的珍藏！」

魏曉雨自然也跟著一起，只是始終沒說話，她可沒有周宣那變換喉舌的本事，一說話就會暴露出清脆動聽的聲音，怕引起不必要的麻煩。再說了，她也不懂古玩玉器，也說不上話，乾脆什麼都不說。

林士龍的收藏室在他的書房裡，門是防盜鋼門，四面無窗，看來是專門設計的，打開後，周宣跟著林士龍走進去。

收藏室大約有四十來平方，並不是特別大，房間中的燈設計得很巧妙，無數個小燈一打開，亮光剛好照著一件古董，亮光的強度也剛好適中，正適合觀看。

大大小小的古董至少超過了一百件，周宣沒有使用冰氣，只是用肉眼和經驗觀察著，瓷器，錢幣，青銅器，書畫硯臺筆墨，種類很多。

從肉眼看，林士龍這些收藏很不少，而且有些很值錢，比如青花就有好幾隻，玉器也不少，但價值最高的，卻都不如他現在從自己手裏買的那塊微雕。

在他這間收藏室裏，最值錢的應該就是那幾件青花，不過，肯定不超過五千萬的單價。要是算總價的話，林士龍這些收藏品那也算過億了，周宣很明白，這林士龍家裏的收藏品遠比他店裏的要多，雖然他現在沒運起冰氣探測，但從目測來估計，真品肯定居多。

方志誠是眼睛都瞪圓了，他當然沒見到過這麼多的古董，而且以林士龍的眼力、身分以及財力，想必是沒有贋品的。

周宣運起了冰氣探測著，冰氣探測的距離只有幾米，就在屋子中邊看邊走動，倒也不會讓人覺得奇怪。

冰氣過處，林士龍這些收藏品果然都是真貨，雖然沒有特別珍貴的國寶級古董，但也算不錯了。

周宣微微有些失望，他倒是希望能探測到幾件或者更多件的贋品假貨，如果有能瞞得過林士龍的假貨，那也許就能因此找出案子中的那一夥製假的文物販子，或者確定林士龍也就是那幫人中的一個。

只是周宣失望了，林士龍這收藏室中居然沒有一件是假的，至少他的冰氣沒探測到假年份的東西。這些東西，周宣自然是沒有念頭要買回去的，嘆了口氣，周宣就想跟林士龍告辭，看來林士龍不是他想要找的人。

不過，就在他轉身的時候，忽然心裏一動。冰氣探測到某件物體很奇怪，於是趕緊仔細看去。

冰氣正探測著的，是一件圓形的小鼎一樣的東西，金黃色，雙手伸開剛好能夠捧住，小鼎邊上是九條金龍盤旋，龍尾在鼎底，龍頭對著鼎裏面，兩爪撐鼎底，兩爪抓鼎沿，張大著的嘴對著鼎中間，鼎底的核心是一枚圓形的珠子，珠子卻是白色的，看起來像一顆卵石，不像珍珠或者別的。

這個東西很令周宣奇怪，因爲他的冰氣竟然探測不出這個九龍盤旋的小鼎是什麼年份的東西，而且也測不到是什麼物質做的！

這是周宣擁有冰氣以來，除了金黃石以外，又一次測不到真假年份的東西，但這個小鼎肯定不是讓他獲得異能的那種金黃石質材，因爲在這小鼎中，他感應不到任何冰氣的氣息，哪怕是一絲半分也沒有，所以他敢肯定，這小鼎不會是金黃石一樣的物質；但他測不到的東西，同樣也值得懷疑究竟是什麼來歷了。

周宣呆了呆，又運起冰氣再仔細探測，結果卻依然一樣，仍然探測不出半分來。怔了一會兒，周宣還以爲是冰氣異能又失效了，當即又測了測旁邊一件古董，腦子裏卻是馬上得到了這件古董的真假以及年份來歷！

這就肯定不是他冰氣異能的問題了，肯定是那小鼎有古怪！

周宣忍不住又再強行運起冰氣再探測那小鼎，但不管他用哪種辦法，都測不到這小鼎的來歷，不僅測不到，轉化吞噬更是不行！

這到底是個什麼東西呢？

周宣倒是越發好奇起來，連追查案子和文物販集團的事都忘了，就著燈光仔細用眼睛看起來，冰氣都探測不到也轉化不了的東西，絕不可能是簡單的東西！

林士龍是一直注意著周宣的，只是周宣進來後，上百件的收藏品在他眼裏似乎都算不了什麼，後來眼神卻只落在了這件東西上！

林士龍見周宣對什麼都不感興趣，唯獨對這件九龍戲珠的小鼎起了興趣，笑道：

「魏先生，怎麼，對這件東西有意思？呵呵，那我就請魏先生猜一猜，這是哪個年代的東西？」

方志誠和魏曉雨也都走近了，看著周宣手中這件東西。

周宣瞧了瞧林士龍，見林士龍臉上完全是一副讓他猜的意思，笑意滿臉，想了想便道：

「林老闆，你可是難住我了，我想想啊……」

瞧了瞧收藏室中其他的物品，周宣嘿嘿笑道：

「林老闆，依我看來，你這收藏室裏除了這件九龍鼎外，其他都是真品，只是價值各不一，倒是沒有一件是贗品，而這件嘛……呵呵，說實話，我還真瞧不出來！」

「好眼力！」

林士龍朝周宣伸了伸大拇指，周宣倒是奇怪了，自己說其他是真品，說這件看不出來，林士龍怎麼反還說他有眼力了？看不出來的東西還算是有眼力？

林士龍打了個哈哈道：

「魏先生，實不瞞你，我這收藏室裏的東西，除了這一件外，其他還真全是真品，雖然貴的貴，便宜的便宜，但沒有一件是贗品，唯獨這一件九龍戲珠的小鼎，我也看不出來！不過，我請了幾個專家鑑定過，小鼎的材質有些奇怪，可能是什麼合金吧，九龍鼎的外形和色澤都沒有舊跡，而且這些九龍紋都不是以前的科技能做得出來的，如果按照時下那些贗品的做法，也不符合，所以專家們肯定這就是一件現代工藝品，只是不知道是從哪裡流出來的，紋路圖案做得還算不錯，觀賞價值是有的，卻沒有收藏價值，我是花了兩千塊買回來的，準備放到我辦公室桌上的！」

周宣一聽，心裏就大定了，以林士龍的身分和財力，自然不會跟他還價的了，既然他開口說了這鼎只花了兩千塊，又說請專家們都鑑定過了，肯定是現代工藝品，那就好說了。

這東西自己的冰氣都探測不了，又轉化不了，肯定不是凡品，只是好在哪裡，到底是什麼年代的東西，自己現在也說不出來，但只要能力夠，他是想買回去的。

「林老闆，你這裏的收藏品，我就只想要這件小鼎，我也想放到辦公桌上，九龍戲珠，龍嘛，吉祥！」

周宣笑著說道，面上卻也不露出過分的好奇，只說一樣想放在辦公桌上做點綴。

「林老闆，你看要多少錢？」

林士龍呵呵笑道：「魏先生，今天你可是把我當朋友了，你那件微雕的價錢，呵呵，大家都心知肚明，你是讓著我了，我還想要送你一件能過得了眼的東西呢，可是你什麼也沒瞧中，就只瞧中了這一件最不值錢的，你叫我怎麼說啊？」

嘆了嘆，又說道：「魏先生，這件九龍小鼎，你想要拿去就是，可別說什麼錢不錢的，你再挑挑別的吧，如果你只要這個不值錢的擺件，我可沒臉跟你說什麼交朋友的話了！」

林士龍一下子把話就挑明了，周宣如果想要的話，就挑他這裏值錢的，任何東西都可以送，但這件小鼎是不值錢的，以他的身分來說，交朋友就送這麼個東西，顯然說不過去，周宣在那件微雕上面給他讓的價，最少就有兩三千萬！

人家讓他兩三千萬，而他卻送給人家兩千塊的東西，自然是沒面子沒臉說了。

既然林士龍都這樣說了，周宣也不好再說什麼，反正他本人是認爲不貴重的，也沒花什麼錢，那就無所謂了。

只是沒見到有與案子有關聯的贗品出現，周宣還是有些失望，畢竟他跟魏曉雨來的目的就是想找出線索，進而追查到鬼面具的真實身分，這才是他最想要，也是最迫切想知道的。

「那就謝謝林老闆了，我可就不客氣了！」周宣向林士龍說了聲謝，抬手就把那九龍鼎拿到了手中。

拿到手中時卻更奇怪，他以爲九龍鼎會很重，但入手卻很輕，彷彿像木製品一般，只是比木頭稍重一點點，但絕對比金屬輕得多了。如果是這麼大的一塊銅鐵或者金子，那最少都有二十斤左右，但現在周宣捧在手中的這個鼎，怕是只有兩三斤重而已！

果然奇怪！

那些專家和林士龍都以爲，這件小鼎不過是鑲鍍了一層銅或者其他金屬，而裏面是木頭的，所以才覺得沒什麼價值，而以這九龍鼎的做工和技術來說，又像是現代工藝，便一致認定肯定是不值錢的東西了。

周宣捧了這個鼎，也沒興趣再看收藏室裏其他東西了，便笑笑道：「林先生，我看今天我們就先回去了，我有些累，想回酒店休息一下！」

林士龍趕緊道：「好好好，我派車送二位回酒店，呵呵……明天我設個宴，二位可否來聚個會？我介紹幾個圈子裏的朋友給魏先生認識，或許他們會有你們想要的東西，江北的古玩市場藏龍臥虎，好東西多著呢！」

周宣這下是真的高興起來，如果林士龍介紹更多的人，而且是這一行裏的能手，對找到線索的可能性就大得多了，沒想到今天搞了個微雕，還真是值得！

周宣想了想，又笑吟吟地道：

「林老闆，既然你這麼熱心，把我當朋友，那我也不能不把你當朋友。這樣吧，我還有幾件翡翠微雕，明天過來的時候就帶在身上，由林老闆做主把它賣了，有錢大家賺！」

林士龍一怔，隨即大喜若狂，握著周宣的手連連直搖，說道：「好好好，兄弟，你這個朋友我交定了！說定了，明天早上十點，我親自過來接你們二位！」

送周宣和魏曉雨回去的時候，林士龍也不派人，而是親自開車送他們，不過周宣在一間大型賣場門口就下車了，說是要買點日用品，又對林士龍說了他們住的酒店的名字。

買日用品是很正常的，林士龍笑呵呵地別過了。

坐在旁邊副座上的方志誠陪著笑乾著急，跟著到林士龍那兒，卻沒想到周宣什麼貴的也不買，就挑了一個偏偏不值錢的東西，林士龍沒有收入，當然他也就沒有小費了！

不過，林士龍在看著周宣和魏曉雨進了大賣場的電梯後，對方志誠道：

「方志誠，你那鬼念頭我不是不知道，這樣吧，明天如果能做成幾筆生意，少不了你的！」

大賣場中。

魏曉雨這時才低低笑道：「你賺錢的本事可真了不起，一出手就是五千萬，這東西是從京城帶過來的嗎？」

周宣背上背著林士龍給的一個背包，裝著那個九龍小鼎，聽了魏曉雨的話笑笑道：

「曉雨，你忘了我們今天在『石頭記』裏買了什麼東西嗎？」

「買東西？那塊翡翠觀音像？」魏曉雨怔了怔，失口說道：「花了一萬六千多買的那個觀音像？」

周宣哼了哼，然後說道：「曉雨，你不知道，那個石頭記的老闆方志誠是我以往的一個仇人，沒想到會在這裡遇到，我們今天買的那塊觀音像，本錢最多只有一千多塊，他卻賣了一萬六千多，心黑著呢，不過……」

周宣盯著魏曉雨，又笑呵呵地道：

「不過呢，我用異能做了那件微雕，轉手賺了五千萬，這個虧是拿回來了，不過方志誠身上的債可沒討回來，以後一定要找機會！」

「你……你……你是說，那件賣了五千萬的微雕是用觀音像做的？」魏曉雨驚得呆住了，她沒有想到周宣居然能做出這樣的東西來！

周宣點點頭，拖著她的手往珠寶攤位那邊走去，一邊走一邊說道：

「為了明天的生意，我們要再買幾塊品質好一點的翡翠，晚上我回酒店後再做幾個，好應付明天所需。想必今天我這一件微雕賣給林士龍，已經在他們圈子裏有動靜了，明天林士龍肯定會挑極有實力的行家來，我又放出話說要買好的古董，這樣就有可能會引出假貨販子的線索來。」

魏曉雨實在太驚訝了，周宣的意外之舉也實在太多，讓她一直都處在驚訝之中！

第一八七章

時空靜止

魏曉雨動也不動，沒有半點動靜，
整個房間裏除了他自己外，魏曉雨和女服務員就像雕像蠟偶一般。
在這一瞬間，周宣立即明白了剛剛那十秒鐘內發生了什麼事！
剛剛是時間靜止了。

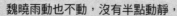

周宣把她拉到珠寶賣場，花了兩百多萬，買了四塊冰地翡翠飾件，這還是挑來挑去才找到的，最好品質的玻璃地沒有，就算有也是假的，這四塊冰地的飾件比較小，所以價格也不是很離譜，每件花了五十多萬。

回到酒店後，周宣讓魏曉雨到她的房間裏休息，自己則單獨做那些微雕。

魏曉雨有些悻悻的，在莫蔭山的山洞裏，跟周宣還能相擁相抱，纏綿一番，可是一出來，周宣便跟她離了十萬八千里一樣。

周宣回自己的房間後，把門反鎖了，然後把那件九龍小鼎從包裏取出來，擺在茶几上，仔細觀察起來。

這件金黃色的九龍小鼎，周宣總覺得有古怪，但又測不出來哪裡有問題，心裏也是古古怪怪的，一點也不踏實，所以乾脆從林士龍那兒告辭回來，想再好好找一找九龍鼎的秘密。在林士龍那兒就不方便了，如果是一件珍寶，林士龍後悔不說，自己也會覺得沒意思，人家可是沒要錢送給他的。

只是又瞧了半天，周宣依然沒找到什麼奇特的地方，冰氣不能探到它內部，所以也弄不清這鼎到底是什麼材質做成的，把鼎翻過來翻過去地瞧了半天，都沒找到一點線索。

小鼎做得無比精美，周宣是越瞧越喜歡，那九條小金龍活靈活現的樣子，就像要變活了飛出來一般，張大的嘴就只想把鼎裏的那顆珠子吞進去。

周宣嘆了口氣，這鼎，冰氣探測不進，眼又瞧不出，無法找出一丁點的線索，無可奈何之下，他又把它放到了茶几上。

摸頭搔腮都沒辦法，周宣甩甩頭，心想算了，還是洗個澡輕鬆一下再說。到浴室裏把熱水放了，出來等待的時候，又把九龍鼎拿在手上琢磨著。

鼎這東西比較盛興的時期，是從商周開始的，一般是三足兩耳，不過這個鼎又有些不同，三足卻無耳，但九條龍的嘴卻如耳伸在鼎沿上。

周宣觀察了一陣，忽然想起自己開了浴室裏的熱水，趕緊到浴室裏一看，浴缸裏水都快滿了，連忙關了水，試了試水溫，還可以，便把手上的九龍鼎放在浴缸邊上，然後脫了衣服，坐到了浴缸裏，把身子泡在熱水裏，渾身舒暢得呻吟了一聲，真舒服！

享受了一下熱水，然後又伸手把九龍鼎拿起來，看來看去，又用冰氣試了一下，還是測不到，閉上眼嘆息了一聲，沒想手一鬆，九龍鼎落進了浴缸中，周宣趕緊伸手從水裏把九龍鼎摸了出來。

九龍鼎已經沾滿了水，也就在這個時候，周宣忽然發覺到九龍鼎似乎有些不同了，不過仔細瞧了瞧，九龍鼎還是那個樣子，好像沒有什麼大變化。

但周宣對自己的眼睛和感覺很有自信，九龍鼎剛剛肯定是有什麼不同了，想了想，從浴缸裏坐起身來，把九龍鼎端到面前再度仔細瞧起來。

這一瞧，周宣倒真是發現九龍鼎的不尋常之處來。

九龍鼎剛剛從水裏拿起來，裏裏外外都沾了水，九條龍身上也是水珠滴滴，龍鱗龍鬚上都是水珠，張牙舞爪的，而鼎裏面那個雞蛋般大的珠子沾了熱水後，好像是因爲溫度升高，珠子表面升騰起一絲淡淡的霧氣，那九條龍則彷彿像張嘴吸食一般，那一絲絲的白色水霧就被吸進龍嘴裏。

周宣驚訝得不得了，以爲眼睛花了，伸手拭了拭眼，然後再睜大了眼睛瞧著，那珠子上面蒸發的水汽真的被吸進了九龍嘴裏，而且，九條龍似乎更加地活躍猙獰，好像立刻就要騰空而起一般！

周宣驚得呆了，這究竟是個什麼東西？

難道這是一件很特別的古董？

周宣訝然半晌，見珠子上的霧氣沒了，鼎裏面的水分居然也一滴都沒有了，而那九條龍沒了霧氣，似乎又變得如死物一般，一動也不動。

周宣一下子省悟起來：原來這鼎與水有關，這一切的異象，都是因爲自己把九龍鼎掉進浴缸裏後沾了水才這樣的！

一想到這個，周宣澡也不洗了，一骨碌爬起身，隨便擦了一下，圍上浴巾，再把那九龍鼎在水喉上接了一鼎的清水，然後端到房間裏，放到茶几上，再仔細地瞧了起來。

裝滿了清水的九龍鼎，裏面那珠子表面上冒出一粒粒極微小的水泡，好像水在鍋裏燒燙了一樣，漸漸要滾了，清水的表面也冒起一絲絲水蒸氣，而那九條龍因爲接觸到了水蒸氣，似乎又鮮活起來。

這一下，周宣瞧得十分清楚，確信自己沒再看錯！

九龍鼎裏的那個珠子也漸漸變成了淡紅色，水泡冒得越來越多，越來越急，清水也漸漸減少，水蒸氣竄進九條龍的嘴裏，龍的一雙眼也由白色變得紅了起來，是淡淡的紅，好像就要放出光來一樣。

周宣好奇起來，這顯然是九條龍吸取鼎裏那珠子蒸發的水汽而讓眼珠子變色的，只是不知道還會變成什麼樣子？看來這還真是一件不普通的奇珍，也許比之前得到的那些夜明珠都還要珍貴。

就在周宣等著看九條龍吸夠了水霧氣後會變成什麼樣子時，鼎裏的清水竟然就蒸發完了，周宣大是驚訝，鼎裏的珠子竟然這麼快就蒸發完了？真奇怪，那麼多水，就是拿到燒紅的鍋裏，那也不可能會在這麼短的時間裏就被蒸發掉！

周宣摸了摸頭，索性又端了九龍鼎到洗手間裏的水喉上灌滿了清水，然後再端回到房間裏，放到茶几上仔細又觀察著。

但過了一分鐘，那珠子表面上卻是再沒有冒出氣泡來，周宣倒是奇怪了，怎麼現在就不行了？

周宣睜大了眼睛盯著，又過了好幾分鐘，九龍鼎裏的珠子還是安安靜靜的，沒有一絲兒響動，沒有水蒸汽出來，那九條龍似乎也安靜了，淡紅的眼珠又變回了白色，一切回歸了原樣。

這個時候，周宣終於有些明白了，這件九龍鼎估計是一種特別裝置，鼎裏的珠子發熱後，水汽進入到九條龍的嘴裏，好像就變成了一種能量，把龍的眼珠子變紅了。只是到底是怎樣奇特的原理，周宣也不知道。

又瞧了瞧九龍鼎裏的那個珠子，伸手摸了摸，冷冰冰的，一點熱度都沒有，周宣苦思了一會兒，忽然想用冰氣試一下。

從開始在林士龍那兒見到這件東西一直到現在，他用冰氣探測過無數次，可那都是在九龍鼎外邊測試，因爲這九龍鼎的質材特殊，冰氣也探測不進去，所以他沒有用冰氣探測九龍鼎裏面，也就更沒有探測到珠子上面。

周宣冰氣一探到那珠子上面時，覺得冰氣動了動，似乎與這珠子有了一丁點的感應，但也就那麼一下子，再接著，就什麼反應都沒有了。

周宣很鬱悶，運起冰氣在珠子上試探運用，但無論怎樣就是再沒有反應了。周宣苦著臉想了半天，卻是想不出來還有什麼辦法，也不知道這件九龍鼎到底是怎麼回事，到底是什麼東西。

門上響起了輕輕的敲門聲，然後叫到女子的聲音：「先生，客房服務！」

周宣隨口道：「進來！」

酒店服務員是有開門用的電子卡的，哪怕房間門是反鎖的，她們一樣能打開。

周宣應了一聲後，女服務員插卡打開門，然後推了車進來，放了果盤飲料，然後又問道：「先生，請問還要點什麼？」

周宣倒是覺得有點餓了，問道：「有什麼粥沒有？」

「有，有薯片紅參粥，燕窩麥片粥，烏雞山參粥……」女服員隨即報一大堆名字，聽起來都是大補的粥。

「隨便來個就得了，順便再來兩個小菜！」周宣揮了揮手，讓女服務員儘快弄來。

女服務員出去後，周宣又琢磨起那個九龍鼎來，鼎裏滿滿的清水仍然沒有減少，珠子還是沒有再發熱、發水泡。

周宣苦惱了一陣，難不成剛剛就那麼一下子，珠子裏面的熱度能量就用完了？否則再加進去的清水爲什麼就不再蒸發了？

一想到能量，周宣呆了呆，馬上想起冰氣能量來，只是剛剛試了一下卻是沒能動，但卻又有那麼一丁半點的感覺，會不會是因爲冰氣能量現在太弱了的原因？

想了想，很可能是這樣，周宣馬上運起冰氣恢復。

其實，周宣的冰氣恢復快，是因爲他跟自身的內家氣息相結合，只要時間夠，不運功也會慢慢恢復，如果運起練氣法門，恢復就會快一些。

現在一運起冰氣，按著身體經脈運行，半個小時竟然就恢復到了四成多，比昨天的兩成足足多了一倍。

這其實也是因爲周宣自己的身體慢慢恢復了，人的身體只要沒病沒痛，幹了再累的活，第二天也會恢復到原樣，但如果是生病了，也許就會一連好多天都不能恢復，周宣就是這樣，身體機能完好，損耗的冰氣只要時間足夠，自然就容易恢復了。

周宣練得起勁，冰氣恢復也越來越快，再運轉十幾遍經脈，冰氣竟然恢復到了五成。

把冰氣收回左手腕後，周宣才又瞧著茶几上的九龍鼎，長長吁了一口氣，然後把左手伸到鼎裏面，把冰氣運起，逼進鼎裏的珠子。

周宣開始試的時候，冰氣較弱，以爲啓動不了那顆珠子，所以現在運冰氣進珠子的時候，是全力運起的，雖然只有五成，但周宣全盛時的五成冰氣可是非同小可，遠比在美國天坑洞底裏吸了那塊龐大金黃石能量後還要強大一些。

冰氣一進鼎，那顆珠子突然「轟」的一下，似乎是火把點燃了一桶汽油般，立時就熊熊燃燒起來！

「啓動了，啓動了！」周宣心裏一喜，立即更加專注地運起冰氣，往珠子裏逼去。

可現在根本不需要周宣運起冰氣往裏逼，那珠子此刻就像一個極大的漩渦在猛烈旋轉，只要是挨近它的任何東西，都會被它吸進去。

周宣的冰氣一逼進去，就被吸住了，跟一條長線一般，一頭被吸進了漩渦裏後，剩下的部分也回天無力了，只能是被拉扯著往漩渦裏捲！

周宣頓時驚了起來，這個樣子就跟當初練晶體時一樣，冰氣一進入晶體中時，也是被晶體猛烈吸收，但有個問題是，晶體吸收了他的能量後，他還能從晶體裏再吸回來，可這珠子明明是個消耗品，吸收了他的能量後，馬上就轉化成了另一種能量，正把鼎裏的那些清水猛烈蒸發著！

水泡如豆子一般咕咕咕地往上冒，水蒸氣也如濃霧一般升起，這可比剛剛珠子自己蒸發清水時要猛烈得多！

九條龍瘋狂地吸收著那些水蒸氣，眼看著龍眼裏的眼珠子已經由白變紅，而且越來越紅。

鼎裏的清水同時也在劇烈減少，一下子就消失了一半以上，周宣被吸得臉色通紅，一顆心狂跳不止，似乎就要從胸腔裏蹦了出來！

如果再這樣下去，周宣感覺到，他一定會氣盡人亡，這時他才感覺到了害怕，但想甩掉這東西時，卻發現身子根本動不了，只能被動地被吸，完全無法自主！

周宣的身子劇烈顫抖起來，而他體內的冰氣幾乎已經被吸收殆盡，水蒸氣越來越濃，那九條龍的眼珠子越發紅了起來，似乎還有一絲紅光亮了一下，雖然微弱，但就是閃了一下。

這個時候，門上又敲了一下，叫了一聲：

「周宣，睡了沒有？……周宣……周宣……」

聽到是魏曉雨的聲音，周宣想回答，可是身體沒有半分自主的能力，想開口說話也說不出來！

門被魏曉雨推開了，走進來後，魏曉雨見到周宣的樣子很古怪，一隻手浸在今天帶回來的那個九龍鼎中，裏面似乎是放了熱水，不禁好笑，剛剛在門外叫的時候不見他回答，還以爲周宣不在，所以才推門進來，卻見周宣正在九龍鼎裏洗手，而且洗也只洗一隻左手，真是奇怪！

正要問他時，門外又來了女服務員，推著小車子，有周宣叫的小菜、飲料、粥等等，進來後也沒注意周宣跟魏曉雨幹什麼，只是往餐桌子上一樣一樣擺放著食物。

就在周宣覺得自己快要死掉的時候，那九條龍的眼珠子忽然閃起了亮光，燈一亮，珠子便停止了吸收，周宣才隔斷了與那珠子的聯繫，猶如癱了一般。

但周宣同時發現，就在這一瞬間，魏曉雨和那個女服務員竟然如被施了定身法一般，一動不動了！

尤其是那個女服務員，右手端著的一碟菜盤沿上，一滴水珠正好落在半空中，卻也靜止了，還在燈光下閃著一絲螢光！

天哪，這不可能是什麼定身法吧?怎麼卻就像是時間被靜止的樣子?!

其實周宣從來不相信有什麼神仙鬼神一說，再說，就算有定身術，那也只是定人定動物，不可能把水珠也定在半空中吧?

面對這樣的異象，周宣幾乎是呆了，怔住的一陣子，時間似乎停止了四五秒鐘！

「曉雨，你……你怎麼了?」

周宣又驚又疑地問著魏曉雨，但魏曉雨一動不動，沒有半點動靜，整個房間裏除了他自己外，魏曉雨和女服務員就像雕像蠟偶一般。

周宣不知道到底發生了什麼事，難道是那個九龍鼎出了什麼問題?

再瞧著九龍鼎，只見九龍鼎上面九條龍的眼睛裏，那紅光弱了些，接著再一閃就熄滅了！

也就在這一瞬間，周宣就感覺到了不同，好像空間又回到了正常的樣子。

魏曉雨走到他身邊坐下，那女服務員繼續拿著菜，那滴水落到了地板上，一切又回到了自然的樣子。

在這一瞬間，周宣立即明白了剛剛那十秒鐘內發生了什麼事！

剛剛是時間靜止了。

周宣知道，是這個九龍鼎，讓時間暫停了！

「你怎麼了？這個小鼎有什麼好看的？」魏曉雨見周宣發呆的樣子，忍不住問著，「剛剛我在門外敲門，沒有聽到你回答，所以我就開門進來了，你到底怎麼了？」

周宣這才醒悟過來，也不知道該怎麼說，想了想才問道：

「曉雨，你剛剛有什麼感覺沒有？剛剛我問你話，你聽到沒有？」

魏曉雨咯咯一笑，伸了手在周宣額頭上試了試，說道：

「你感冒了嗎？說胡話啦？我從進門後，你就沒說過一句話一個字，你哪裡問我了？」

那個女服務員把東西擺在餐桌後，又對周宣躬腰道：「先生，請慢用！」

等女服務員退出門後，周宣才又說道：

「曉雨，我……」

瞧著周宣沉吟又遲疑的樣子，魏曉雨又道：

「周宣，我睡不著，想過來看看你在賣場裡買回來的那些翡翠，不知道你又做了些什麼樣子的微雕出來？」

周宣苦笑了笑，剛剛擺弄這個九龍鼎，把冰氣都耗光了，哪裡還能再做什麼微雕，只有等晚上再練功恢復一下，看能不能恢復一部分冰氣，最少要恢復一兩成，才能使用冰氣做成微雕。

「曉雨……我有些累了，你要不要吃東西？隨便吃點就去休息！」

周宣想了想後，還是沒跟魏曉雨說九龍鼎的事，估計她也不會明白。其實別說是她，就是自己也一樣搞不懂，怎麼會有這種東西！

不過，周宣在九龍鼎發揮作用的時候，冰氣雖然探測不到九龍鼎的材質、來歷和年份，但卻在整個過程中隱隱感覺到，這九龍鼎根本不是什麼古董，倒像是一件高科技的機器，通過鼎中間那顆珠子發揮能量，轉換變成能啓動機器的另一種能量，然後通過九條龍發動，最後從龍眼裏變成紅光射出來。

這紅光似乎就是讓時間靜止的源頭，紅光一消失，靜止時間的功能就消失了。

這件九龍鼎運作的時候，周宣的冰氣正被那顆珠子瘋狂吞噬著，雖然冰氣被吞噬走了，但也察覺到冰氣被吸進珠子後運轉起來，珠子裏面就是一部極爲精密無比的機器，而整個九龍鼎就是一件完整的高科技機器，一直到最後九龍眼珠子發出光亮的時候，冰氣都能感覺到它無法形容的運行方式。

只是這樣的機器，什麼人才能製造得出來？它究竟是現代的高科技呢，還是遠古先人的智慧？

以他的冰氣能力，可以探測出地球上任何物質的來歷，可是從林士龍那兒得到這個九龍鼎的時候，他卻沒有辦法探測出這個九龍鼎的一絲線索。

從這一點周宣就可以肯定，這東西跟他的黃金石一樣，應該不是地球上的東西，難道又跟那些黃金石一樣，是來自外太空嗎，又或者是來自外太空的高智慧產物？

第一八八章

蘭亭集序

這一看，林士龍嚇了一跳！
還好是坐在車裏，吃驚歸吃驚，卻不好太大動作，
只是他實在沒想到，周宣拿出來的東西會那麼驚人！
這枚翡翠印章表面上，每一面都刻有數千字，首題是四個字：
「蘭亭集序」！

魏曉雨見周宣讓她吃東西，笑吟吟地也不客氣，就到餐桌邊坐下來，嘗了嘗粥，讚道：「這粥好喝！」

喝了幾口，見到周宣還在發怔，起身把他拉了過來，嗔道：「周宣，你是怎麼了？別理那個九龍鼎了，還是吃點東西吧！」

周宣若有所思地吃著東西，心裏想的還是那個九龍鼎的事，而且他隱隱感覺到，自己的冰氣並沒有完全激發那個機器，現在似乎只啓動了一丁點，還差得很遠，這主要是他的冰氣太弱太小，根本不能完全啓動那部機器。

憑剛剛那種感覺，周宣知道，就算是他把冰氣完全恢復了，也不可能完全操縱那部時間機器，應該需要更強大的能量，也許被盜的晶體有那種功能？

但是誰也搞不清楚，那部機器如果被完全激發並啓動後，會變成什麼樣子？是時間靜止，還是世界停步？又或許是回到過去，去到未來？

周宣心裏有一種感覺，那就是這個機器的能力絕不止於他看到的那一點，但到底會怎麼樣，誰也不知道。

從林士龍那兒知道，這九龍鼎只是他無意中買來的，原來是屬於誰的，又是怎麼得到這個東西的，現在顯然是無法追查考證了。

魏曉雨瞧著周宣的裝束，忍不住好笑，周宣低頭瞧了瞧，這才發現自己裸著上身，下身只圍了條浴巾，一副從浴室中洗澡後出來的樣子，臉一紅，趕緊逃到浴室裏穿衣服。

魏曉雨咬著唇輕笑，這個周宣，在山洞裏的時候，對著自己脫光了衣服，也沒見他害羞，現在倒是像個女人一樣了。

周宣穿好了衣服出來，見魏曉雨笑吟吟地沒有要走的意思，說道：「曉雨，回去睡覺吧，今晚好好休息，明天林士龍要來接我們過去呢！」

「你想趕我走，還是害怕我？」魏曉雨臉一下子冷了起來，然後哼哼著說道，「今晚我不走了，就睡這兒！」

周宣很尷尬，不知道說什麼好，場面安靜了一下，正想說什麼時，魏曉雨卻又撲哧一聲笑了出來，站起身說道：「好啦，別擔心，我回去睡覺了！」

說完便出了門，又把房間門輕輕帶上。

周宣這才鬆了一口氣，不得不承認，魏曉雨雖然讓他緊張，但卻是個極聰明又極有吸引力的女孩，跟她在一起的時候，還真有些被她吸引了。但周宣心裏明白，自己是不能跟她發生什麼的。

嘆息了一下，周宣又拿起九龍鼎觀察著。

知道九龍鼎有靜止時間的奇異能力後，周宣就更加注意檢查鼎裏其他部件，不過再也沒有發現其他不尋常的地方了。自己冰氣沒恢復，也沒有能量再通過那珠子檢測，想了想，還是把九龍鼎放進了袋子裏裝好，回到床上趕緊再練起冰氣。

剛剛九龍鼎吸收了他的冰氣，現在再運起來，只剩下一絲極淡的能量，運轉幾圈後，冰氣稍微恢復了幾分。周宣心裏有了數，那九龍鼎雖然狂烈吸收吞噬了他的冰氣，卻不能把他的本源吸走。

因爲明天要跟林士龍會面，而且今天已經跟他說了，明天會再給他幾件別的微雕作品，如果想要找出案子的線索，想要找到那個面具人，那對他承諾的事就一定得辦到，否則就不好進行下去了。

冰氣有了反應，又恢復了幾分，周宣心裏安定了許多，九龍鼎吸收了他的冰氣，當時他很擔心，怕像以前被晶體吸收了冰氣一樣，現在就放心了，上次被晶體吸收後，是完全沒有了冰氣異能，現在被九龍鼎吸收後，卻只等於用盡了，冰氣本源並沒有事。

默默運行了兩三個小時，冰氣已經恢復到了被吸收前大概兩成左右的程度，周宣心裏有了數，也就更賣力地運行。不知不覺間，冰氣恢復了四成，而周宣也在不知不覺間睡著了。

早上又是被魏曉雨叫醒的，因爲林士龍說過十點鐘要過來接他們，所以魏曉雨必須得在十點以前把他們兩個的妝化好。

周宣昨晚洗澡時，早把臉上化的妝洗掉了，魏曉雨又花了一個小時才讓他恢復到昨天的樣子，然後又給自己化妝，其實主要是幫周宣化，因爲昨天林士龍那些人都只注意周宣，絲毫沒在意她這個普通的女子，所以即使她稍有不同，也不會引起別人注意！

這一切準備好後，才八點半，魏曉雨又叫了早餐，讓酒店服務生送到房間裏來。十點鐘還差五分鐘，林士龍就過來了，周宣留了酒店的房號給他，所以林士龍就直接到樓上來敲門。

周宣跟魏曉雨都準備好了，當然，周宣也把那幾件翡翠做好了，不過魏曉雨都不知道。跟著林士龍一起來的還有方志誠，方志誠如同一個諂媚的奴才，在他心裏，早已經把周宣當成了他的財神爺，他是準備要發一大筆橫財的！

周宣在出門的時候想了想，還是把裝九龍鼎的包包背在了身上。這個九龍鼎太神秘，想來也很重要，所以不能把它留在酒店裏，要是被偷了就太可惜了，所以周宣覺得還是帶在身上比較安全。

昨天練了一晚上的冰氣，竟然恢復到了六成，如果再有兩天時間，周宣就能完全恢復到原來的程度，這也是因爲這幾天身體復原了，所以冰氣恢復也快。

今天換成方志誠開車，林士龍坐在他旁邊，周宣和魏曉雨坐在後座。不過車還是林士龍的車，賓士E360，比方志誠的小現代好得多了。

方志誠把車開到公路上後，林士龍把頭轉過來，笑呵呵地道：

「小魏，呵呵，我就不客氣地叫你小魏了。我有些等不急了，不知道你今天拿了什麼好東西來啊？」

林士龍一想到昨天周宣給他的那件翡翠微雕，心裏就忍不住如貓抓一樣，不知道周宣今天帶來的翡翠微雕，又是如何的驚心動魄呢？

一想到這兒，林士龍心裏就是無比的期待，一雙眼也是眼巴巴盯著周宣。

周宣有些好笑，林士龍一雙眼珠子紅紅的，滿是血絲，顯然昨天晚上沒睡好覺，看樣子是被他的微雕給鬧的。

對於這樣的後果，周宣是知道的。以前在京城，周張店開業的那一次，自己在開幕典禮上賣了一個微雕，剩下的就交給了店裏的掌眼老吳，老吳之後幾天都像是得了紅眼病一樣，好幾天都沒睡好覺，這也都是那些微雕鬧的。

周宣笑了笑，也不想再讓林士龍著急，就從包裏拿了一個小盒子出來，然後遞給了坐在前邊的林士龍。林士龍顫抖著手接過，然後打開一看，小盒子裏面是用軟綢布包著的，盒子裏一共放了四個小布包。

林士龍手抖了一下，然後對開車的方志誠說道：

「開穩一點，別讓車子抖！」

方志誠趕緊應了一聲，把車速又放慢了一些，開得四平八穩的。

林士龍這才把盒子裏的小綢布包拿出了一個，小心翼翼地打開，裏面是一顆印章一樣的冰地翡翠，質地要比昨天那個油青地要好得多，小章是長方形的，比昨天那個觀音像還要小，長不過兩釐米，四個面，每一面寬則只有零點五釐米，表面上有一些紋路，但肉眼看不出來是什麼東西。

好在林士龍早有準備，帶了一個倍數比昨天店裏用的那個還要高，當即拿了出來，對著那枚翡翠印章看了起來。

這一看，林士龍嚇了一跳！

還好是坐在車裏，吃驚歸吃驚，卻不好太大動作，只是他實在沒想到，周宣拿出來的東西會那麼驚人！

這枚翡翠印章表面上，每一面都刻有數千字，再細看時，首題是四個字：

「蘭亭集序」！

蘭亭集序，那是在中國書法史上，被歷代書法家公認舉世無雙的天下第一行書，大書法家王羲之的得意之作！

林士龍對書法頗爲愛好，家裏也收藏有不少的書畫名作，王羲之的書法他也有，但就不是真跡了，而是臨摹本。

《蘭亭集序》又名《蘭亭序》、《蘭亭宴集序》、《臨河序》、《禊序》和《禊帖》。東晉穆帝永和九年，王羲之與謝安、孫綽等四十一人，在會稽山陰蘭亭「修禊」會上各人做詩，《蘭亭集序》即爲王羲之爲他們的詩寫的序文。

《蘭亭序》中，記敘蘭亭周圍山水之美和聚會的歡樂之情，抒發作者好景不長，生死無常的感慨。法帖相傳之本，共二十八行，三百二十四字，王羲之以特選的鼠鬚筆和蠶繭紙描寫聚會盛況，是他三十三歲時的得意之作。

林士龍之所以吃驚，並不是翡翠印章上刻的是蘭亭集序，而是那個刻蘭亭集序所用的書法，蘭亭序一文有三百二十四個字，其中有二十多個「之」字，而每個之字都不相同，飄若游雲，矯若驚蛇。

如昨天所見，如此細小的翡翠表面上，雕刻了如此多的字，雖然沒有畫，全是字，但也跟昨天的那件微雕同樣的了不起。而且更令人吃驚的是，這件微雕不只是微得多，而且這些字的筆法，跟蘭亭集序上一模一樣！

這才是林士龍最心驚的地方，因爲微雕跟別的臨摹不同，書畫可以用照相複印等科技手段來複製，可以把原作品做得一模一樣，但微雕可就沒辦法了。

在微雕上作畫，得要有畫工的技藝，在微雕上做書法，同樣也得有書法家的能力，因爲所有的東西都只能用手工雕刻的，而不是用高科技手段能複製得上去的。如果工匠本身沒有深厚的書法功底，是沒有辦法雕刻得出來的。

微雕算是這一行中唯一不能做假的技藝，因爲微雕沒辦法用高科技仿製，只能憑技術雕刻出來。而這枚印章，同樣是克服了翡翠不能微雕的難點，微雕的數量也同樣令人吃驚。

與昨天的那個微雕一樣，在現今的微雕作品中，還沒有任何一個大師能做得到這個地步，這在昨天，林士龍就已經見識到了，聽到周宣說還有幾件作品，已做好了心理準備。

但讓林士龍快要發瘋的是，這件微雕上的書法，跟他收藏的複製本上的王羲之書法竟然一模一樣！

微雕跟別的工藝不一樣，這件微雕上的書法要跟蘭亭序一樣，那除非是王羲之復生，雕刻的人如果沒有王羲之的書法功底，是絕對不可能雕刻得出來的，所以林士龍才會吃驚成這樣！

這個微雕大師究竟是個什麼樣的人呢？

林士龍心裏無比的好奇，如此的精彩絕倫，卻在這一行默默無聞，這個高人到底是誰呢？要是他還有別的作品，那不就是大發了嗎？

林士龍又看了看其他幾件，另幾件是書畫相結合的微雕，跟昨天的萬馬微雕同樣了不得，但林士龍也不太在意了，他最在意的作品還是這件蘭亭集序的印章，微雕的技術已經驚天動地了，這幾乎就是王羲之復生再寫的蘭亭集序，這個價值又遠遠超過了微雕的價值。

林士龍心裏的激動已經是無法形容了，手裏這四件，除開這一件書法的，其他三件可以說絕對都是過億的價值，而這一件，林士龍連價都不敢估量了。

可以這樣說吧，如果把王羲之的蘭亭集序書稿拿出來拍賣，而且是真跡的話，誰能說值多少錢？

前年在香港大昌拍賣行拍賣的一幅清朝八大山人的作品，就賣到了兩億七千六百萬元港幣的驚人高價，如果有人拍賣收藏價值更超過八大山人的蘭亭序，那就更是一個未知數了！

周宣和魏曉雨坐在後面沒出聲，周宣一直在暗中注意林士龍的表情，不用說，林士龍一顆心都掉進這幾件微雕裏面，無法自拔了。

其實周宣自己還不知道，他做的那件王羲之書法微雕的價值，他只是挑了字多，書畫景物多的幾樣來做樣本，根本就沒想到王羲之的作品會更加轟動。

天底下也找不出來比他的冰氣異能更奇怪的異能了，別人沒辦法做微雕，可他的冰氣異能是個異數，簡直就跟一個影印機一樣，把蘭亭集序一模一樣地複製了出來，而且其中的神韻精華，都是一模一樣的！

在不經意間，時間流淌得很快，方志誠把車停下來，周宣和魏曉雨才知道到了。

這是一棟大廈，而且是市裡很繁華的地段，不像是私人住宅。林士龍雙手捧著那個盒子，緊張得甚至都忘了跟周宣說別的事，只是在前邊帶著路。

在大廈二十七樓的一個房間，裏面坐了四個人，四個五十多歲的男人。

周宣一進這間屋子，就覺得這四個男人有一股氣勢，富貴逼人，高高在上。這種氣勢，他只在顧園的爺爺、魏海洪及傅天來這些人身上見到過。

這四個人當中，有兩個周宣是認識的，但只是從電視雜誌上看見過，跟他們本人並不認識。一個叫黃大中，一個叫池喜前，都是香港排名前幾位的億萬富翁。

而另兩個，顯然也不是普通人，看來林士龍今天給他介紹的還真不是泛泛之輩，估計都是昨天那件微雕造成的後遺症。

方志誠一進來，就只有靠邊站的份兒，周宣和魏曉雨卻是毫不客氣地坐下來，這幾個人的富貴氣勢對他和魏曉雨可沒半分影響。

林士龍趕緊做了介紹：「這位就是我的朋友魏曉先生！」然後又對周宣介紹起那四個男人來：

「這位是黃大中黃先生，這位是池喜前池先生，這位是吳秀林吳先生，這位是張景張先生！」

「黃先生你好！」

「池先生你好！」

「吳先生你好！」

「張先生你好！」

周宣不卑不亢地跟這四個人握了握手，黃大中跟池喜前是港商大富豪，他是知道的，另外一個吳秀林也是聽說過的，雖然沒見過本人，但他是國內很有名的富豪之一，名頭很響，倒是那個張景沒聽說過，但他跟另外三個億萬富豪在一起，氣勢卻不弱半分，看來也不是個簡單的角色。

沒有太多的客套，林士龍帶周宣來的目的就是爲了做生意，一坐下來，就把周宣給他的盒子拿出來，先取了一塊翡翠微雕出來，輕輕放在桌子上，然後卻只是帶著笑意，一句話不說。

這幾位也都是行家，有好東西在，不用他做太多的介紹。

這些超級富豪脾氣都很怪，只要是自己喜歡的，就要不顧一切弄到手，但如果是別人奉承吹噓的東西，反而會惹他們厭煩，所以，此時無聲勝有聲！

首先是黃大中把小綢布打開，露出來的是一枚白色的指環翡翠，冰地種翡翠，黃大中一見，也不以爲然，別說冰地種的，就是玻璃地的極品翡翠，對他們這種人來說，那連身上拔一根毛都算不上。

其他三個人也都是一副不以爲然的樣子。

黃大中皺了皺眉道：「士龍，聽你說今天有好東西介紹給我們，一個冰地翡翠指環，大不了也就幾十萬，這算什麼好東西？」

林士龍呵呵一笑，從包裏取了一個高倍數的放大鏡出來，然後遞給黃大中，笑說道：「黃老闆，拿這個看看再說！」

黃大中見林士龍一副胸有成竹的樣子，不像是開玩笑，再說，林士龍雖然有幾個錢，但跟他們比起來，差得可不是一星半點，諒他也不敢跟他們開這樣的玩笑。

想了想，黃大中接過放大鏡，然後對著翡翠指環瞧了瞧，只是這一瞧，眼睛就直了！呆了一呆，黃大中趕緊坐好了身子，拿著放大鏡再仔細瞧了起來。

黃大中手上的這個翡翠指環，圈上雕刻著的是一幅百花百仕圖。富貴的牡丹，清麗的菊花，豔絕的桃花……燦爛盛開的百花叢中，又有一百個表情不一的麗裝仕女。

這幅看起來繁複的百花百仕圖，卻都集中在這個小小的指環上，即使是當今最頂尖的微雕大師，也做不出這樣細緻的物景微雕的。

再者，更讓他吃驚的是，在如此堅硬的硬玉上能雕刻得如此成功，這也是從古至今，沒有一位微雕大師能完成的任務，這也是微雕上一個無法逾越的難點瓶頸。

微雕上的百花百仕圖，一是眾多，在如此小的面積上，是根本不可能雕出這麼多物景的，二來，翡翠質地決定了微雕的更高難度，三來，這百花百仕的雕刻手藝也是爐火純青，這三點集在一起，那就是無價之寶啊！

黃大中什麼世面沒見過？可是現在瞧清楚手中這件微雕後，臉色還真是變幻莫測，陰晴不定。旁邊的池喜前、吳秀林和張景瞧著黃大中的表情有些奇怪，不過就是一個普通的冰地翡翠指環嗎，黃大中什麼寶貝沒見過，這會兒怎麼這副表情呢？

黃大中怔了一會兒，抬頭瞧見池喜前三個人的表情，知道他們奇怪，當即把手中的指環和放大鏡遞過去，說道：

「你們瞧瞧，看看這指環的奇特之處！」

先接過去的是池喜前，拿著放大鏡一瞧，先是一怔，隨即臉紅心跳起來，再拿著放大鏡仔細看了起來，那個表情跟黃大中的也沒什麼區別了！

池喜前一邊看一邊搖頭，又是讚嘆又是不可置信，兩種表情在臉上形成一種古怪的表情，這一下頓時就引起吳秀林和張景的好奇起來。池喜前跟黃大中一樣，都是商界巨頭，驚天動地的人物，怎麼會這麼沉不住氣，形色溢於表呢？

池喜前也不多說，當即把東西遞給吳秀林，吳秀林亦如他們兩個人一樣，吃驚得不得了，而最後的張景看過後，臉上更是驚訝不已！

林士龍又拿出兩件來，一件是百商圖，一件是古代歷代帝王和歷代美女圖，這都是同樣的難得，又都是在翡翠上做的微雕，黃大中四個人看了，都是直發呆，好半天才清醒過來。

「士龍，魏先生，你說說吧，這三件微雕，多少錢一件，先開個價！」黃大中直接把這個問題問了出來。

林士龍瞧了瞧周宣，微笑道：「這些都是魏老弟的東西，多少錢，還是老弟自己說吧！」

周宣笑看面前這幾個人，然後道：「黃先生，這也不是在拍賣場，說實話，我要真想拍高價，就直接由拍賣公司進行了，拿到這兒，自然就是不準備那樣做了，你自己以爲呢，這在你心裏能值多少錢？」

周宣先不提價錢，反問了一下。

黃大中幾個人一聽周宣的話，立馬就知道這個人不是菜鳥，就不要有想撿漏的念頭了，人家心裏是有數的，要他說的話，也就照自己估計地略說低了一點。

「兩億一件，你看怎麼樣？」

林士龍眼睛瞇了一下，這可比他昨天出的價高了四倍，不知道周宣自己怎麼想？眼睛瞄了瞄周宣，周宣還是微笑的表情。

只有在後邊站著的方志誠可真是嚇得差點咬了舌頭，這要是兩億一件，那至少就得付給他幾百萬的小費了吧？沒想到，魏曉這個看起來如此不起眼的傢伙，身上居然有這麼高價的寶貝！

周宣想了想，對黃大中四個人說道：

「黃先生，池先生，這兩億一件呢，我個人認為，還是略低了一些，不過，既然是林老闆介紹的朋友，好歹我今天也要給林老闆一個面子，兩億就兩億吧！」

然後側頭又對林仕龍道：「林老闆，生意是你介紹的，當著黃先生、池先生、吳先生、張先生四位的面，我也就直說，生意歸生意，交情歸交情，這筆生意，我每一件都按一成的比例給個介紹費吧！」

這三件一共是六億，一成就是六千萬，周宣一下子就給林士龍六千萬的介紹費，可不是小數目了，即使林士龍瞧不起小錢，這個數目他也沒什麼好說了，分量絕對不低！

林士龍笑笑道：「那就多謝老弟了，四位老闆，再看看最後一件吧！」

林士龍說著，又從盒子中把翡翠印章拿了出來，再遞給他們四個人看。

第一八九章

癩蛤蟆想吃天鵝肉

方志誠萬萬也想不到，今天這些微雕竟然一件能賣到三億，
虧他昨天還想用五十萬買下來，難怪周宣是那副表情，
如果換成自己，只怕會破口大罵了，幾億的東西五十萬就想要，
癩蛤蟆想吃天鵝肉也沒這麼離譜吧？

說實話，前面三件就已經讓黃大中四個人吃驚不已了，再仔細瞧看了林士龍遞給他們的這一件印章後，不由得訝然驚呼：「王羲之？蘭亭集序？」

「對，就是王羲之，天下第一行書，蘭亭序！」林士龍沉沉地回答著。

他是有意把這件寶貝留到最後才拿出來，因爲他覺得這件的價值要比另外三件價值更高，所以故意留到了最後。他刻意不讓這一件跟其他三件一起說價，免得也籠統給一個價，那就不划算了。

黃大中這一下更是吃驚了，連身子都忍不住顫抖起來！這可是一件更令他們吃驚到無法形容的寶物珍品啊，還真不知道，這個東西要什麼人才做得出來！

周宣是知道自己拿了四件東西出來的，林士龍留了一件沒拿出來，還以爲他是自己想要，所以也沒問，要是他自己要，就象徵性地收一點吧。但林士龍卻並不是自己要，而是最後才拿了出來。

黃大中四個人輪流看了一遍，這一次，四個人都是相互望著，臉都脹紅了！

四人低聲嘀咕了一下，最後是由黃大中說話了，他伸出右手，把手掌比劃了一下：

「五億！」

方志誠在後面差點都站不穩了，心裏可是大後悔，沒料到自己一時小氣，沒聽進老張的話，自個兒把這尊財神爺推到了林士龍手中，這會兒可就只能喝一口別人剩下的湯了，還得低三下四，搞不好人家連這口湯都不留給他！

魏曉雨雖然沒說話，但心裏也是暗暗心驚不已。這個周宣，賺錢也太厲害了吧？花了兩百多萬，才一晚上，再賣出去就變成了十一億了，而且都還沒有講價。看這個樣子，要是周宣喊價的話，對方還有加碼的空間，沒想到就這麼隨便一下，就漲了五百倍啊！

周宣心裏還有別的打算，所以並不在乎用這幾件微雕跟人家討價還價，計較這一丁半點的，這四件微雕也只不過是個誘餌而已。

「那就這個價吧，這不是拍賣場，就無謂多一點少一點了，我只是……」周宣沉吟了一下，然後又說道：「我只是想買點瓷器之類的古董，擺在家裏顯顯眼！」

「這個一點問題都沒有，魏先生如果想要瓷器銅器等古董，這件事包在我身上！」張景回答周宣，又起身從旁邊放著的一個行李箱中，取出一個盒子來，然後打開盒子，裏面放了一隻青色圖案的瓶子。

周宣一眼就認出這是一件青花瓶，而且無論是表面或者釉色，都是很純正的，雖然沒有用冰氣測，但表面看起來很不錯，這個張景居然帶了一件青花瓷來！

張景把手一攤，對周宣笑笑道：「魏先生，看看怎麼樣！」

周宣一直覺得這個張景很有些神秘的感覺，在黃大中、池喜前、吳秀林這樣的商界巨頭面前氣勢一點也不遜，但他卻又一點也不出名，這就有些奇怪。

而張景也不跟周宣說這個瓶子是青花什麼的，只是讓他看，好壞由他自己來決定。

古董這一行，無論是多麼熟多麼好的人，都只論眼力，現場交易，什麼都講實力，撿了漏還是打了眼，都是你自個兒的事，事後是不理論的，古玩界無打假一說。

不過，依周宣的估計以及對這件青花瓷第一眼的印象看來，這件東西應是真品，對青花之類的瓷器，他見識得多了。

周宣把青花瓷瓶拿在手上，他已經看了青花的表面，拿到手上再看的是瓶子的底部，將瓷瓶倒過來後，瓶底有一個鮮紅的印章，刻著「大明成化四年造」，印記款識字體寬而正。

一般明成化青花瓷，在青花瓷上面，通常都會用寫、刻或者印的方法，標明瓷器燒製年代的款識。周宣知道，這叫紀年款，一般又是以帝王年號的年號款和以天干地支表明年號的干支款兩種。

青花瓷是瓷器主流品種之一，也是中國文化之一，在現代，一件真品青花至少能拍賣到兩千萬以上，價值不菲。而青花瓷最原始的時期爲唐初，明代的青花成爲瓷器的主流，青花瓷尤以明代的收藏價值最高。

周宣一開始沒有用冰氣來測，只用肉眼和經驗來觀察，以他的經驗來看，這件青花應是真品。瓷瓶上的青花釉色鮮豔，看起來賞心悅目，力透瓷瓶，看了一陣，周宣才運起冰氣，這一測，周宣倒是一愣！

這件青花瓷竟然是假貨，贗品！是用古青花碎片沾合而成，再用鈷料勾縫，上色的釉也是古釉，燒製成後，又經過高科技手段做舊。

這一件青花瓷，無論你是用肉眼從表面瞧，還是用儀器測，都測不出來它是假的。

周宣愣了愣，然後就是一喜！這東西跟在傅遠山那兒看到的一樣，都是同一種手法做出來的，他想得沒錯，果然用微雕引出了背後的人！

那張景一直在暗暗注視著周宣，見到周宣一愣的時候，心裏還緊了一下，以爲他看出是假的，但又不太相信，他這東西，就算是用儀器測，也是測不出來的，更何況用眼睛看，那就更不可能了，接著又見周宣一喜，當即鬆了一口氣，周宣這個表情，肯定就是很喜歡的樣子了。

其實周宣面露喜色，並不是因爲找到了真品，而是因爲找到了線索。自己和魏曉晴如此千辛萬苦，不就是爲了找到一點線索嗎？雖然現在還沒有最終結論，但總比線索斷掉了的好！更何況，這背後還有那個讓周宣無比擔憂的鬼面具人在！

「這件青花，我很喜歡！」

周宣裝出愛不釋手的樣子，拿在手上仔細瞧著，「不知道張先生要什麼價錢？」

張景呵呵一笑，說道：「好說好說，如果魏先生喜歡，我倒是還有幾件，不妨請魏先生看過了再說。」

周宣當即一口應允下來，「好，那就這樣吧，如果張先生的收藏品我都瞧得中意，我們不妨各用物件交換，我這裏就出微雕，怎麼樣？」

張景大喜，笑道：「當然可以，當然可以！」

張景如何不喜，他這些瓷器銅器都是假貨，只不過做假的手法很高明而已，但仍然是假貨，很多貨家在他那兒買，也都清楚是假的，不過即便如此，一般瓷器進貨價也都是二十萬，青花瓷更高達五十萬，而且不愁銷售，供不應求。

但假的就是假的，價碼雖然高一些，總歸是假的，而周宣這些微雕，那可是寶貝，以張景的念頭，周宣這些微雕就是一件換他十件，那都是要賺大錢的，如果……

還沒輪到張景再說，周宣就先提了出來：「張先生，你這青花確實讓我很喜歡，這樣吧，我們也不耽擱了，就去你那兒瞧瞧怎麼樣？」

張景呵呵一笑，說道：「不急，不急！」

周宣心裏一驚，暗想：自己還是太急了，是不是引起對方懷疑了？又想到，這個張景與那個會冰氣異能的鬼面具會有什麼樣的聯繫呢？

當即運起冰氣到張景身上測了測，還好，這個張景只是普通人，身上沒有冰氣的能量和氣息，這讓周宣鬆了一口氣，如果是鬼面具，只怕他也瞞不過。外表的妝化得再好，如果遇到了那個鬼面具，同樣也會暴露的。

黃大中也笑笑道：「是啊，別急別急，我們有四個人，你這兒有四件微雕，我們還沒商量好，哪個人要哪一件呢！」

確實也是，林士龍把他們四個人請來，是因爲知道周宣的翡翠微雕太過珍貴，只有他們這種超級富豪才有能力消受，就算是他自己，如果周宣再拿個十件八件出來，他也吃不下來。昨天那一件五千萬就讓他的流動現金吃緊，好在他已經以兩億的價錢賣給了黃大中，所以今天，黃大中對周宣那另外三件都是兩億的價錢開價。

不過周宣沒有還價，甚至還開口說要用微雕來換取那些青花瓷古董，黃大中首先就不同意了，當然也包括池喜前和吳秀林，他們都很想要微雕，不過對張景還是很忌憚，這個人來頭很大。

但周宣這幾件微雕，黃大中等人十分清楚，如果拿到國際市場交易，拍到四億五億不稀奇，利潤賺個一倍絕對不成問題，而那件王羲之的蘭亭集序，更是一件無價之寶！

周宣心裏是希望張景趕緊帶他和魏曉雨走人，留在這兒跟黃大中這些人糾纏也沒意思，但太急又會引起張景的懷疑，所以也只能見機行事，這幾個人，顯然是都想把微雕爭到手。

林士龍心裏高興之極，周宣這幾件東西加起來，按黃大中等人說的現價，就已經是十一億了，而周宣給他百分之十，那也是一點一億，再加上他自己那件賺了一億五千萬，兩天的功夫他就賺了兩億六千萬，這樣的好事，又哪裡去找？

不過林士龍又懊悔得不得了，原本擔心自己一下子吃不消，所以才找了黃大中這些人來，如果多的話，他可以賺更多傭金，還不用掏本錢。現在想來，真是後悔呀，要是這幾件全部都由他買下來再賣給黃大中等人，那賺的錢……簡直不可想像。

這幾十年來，他花了無數的心血，操心勞力，幾十年才賺到如今六七億的身家，卻沒想到，這個魏曉竟然能讓他一夜之間就賺了兩億多，如果他昨天狠了心，下血本全買下來，那他今天賺的可比他以前所有財產的總和都還要多！

林士龍臉都悔青了，但他當然想不到，這事當然不可能，周宣如果不是想要從他身上得到更多更深的線索，又怎麼會跟他交易？再以五千萬的價錢賣給他微雕幾乎毫無可能，周宣又不是傻子，要找不到線索，這些東西他可不會低價出售，便宜這些人。

這四件微雕擺在桌子上，黃大中、池喜前、吳秀林、張景四個人都想據爲己有，但他們任何一個人想要獨吞，肯定都是不可能的，唯一的方法就是競爭。

張景看到黃大中幾個人在尋思著，當即對周宣說道：

「魏先生，這樣好不好，你這四件微雕，我每一件加價一億，全部由我買下來！」

這四件每件加一億，那就是十一億加四億，升到十五億了，林士龍和方志誠都吃驚得不得了，這樣加下去，林士龍當然是希望看到的，價錢越高，他得到的傭金也就越高，但相對的，他後悔的心思也更強，這都是錢啊！

方志誠也是同樣的想法，賣得越高，林士龍給他的小費也會越高，昨天可是萬萬也想不到，今天這些微雕竟然一件能賣到三億，虧他昨天還想用五十萬買下來，難怪周宣當時是那副表情，如果換成他自己，只怕也會破口大罵了，幾億的東西只開口五十萬就想要，癩蛤蟆想吃天鵝肉也沒這麼離譜吧？

張景一出聲，黃大中、池喜前、吳秀林三個人都是面有不悅，說好了四個人每人一件，而且微雕主人也答應他們一件兩億的價錢，張景這麼擅自出價，是有些過分了。

這是想吞獨食！

「張老闆，你這樣可是不好啊，我們四個人，哪一個不想要一件？大家都來到了這裏，也不可能空手回去吧？」黃大中哼了哼說道。

張景笑笑道：「幾位老哥，這生意是你情我願的，願打願挨嘛，做生意，哪個不是利潤最大化呢，我想魏先生也願意看到競爭嘛，有競爭才有更高的利潤！」

張景是把話赤裸裸說了出來，就是要用錢砸嘛！不過，在座的四個人，哪一個不是一方巨富，身擁百億以上的身家呢？要用錢砸，那是誰也嚇不倒誰。

只是黃大中、池喜前、吳秀林三個人想不到的是，張景是有另外一種想法的，他們三個人拼的是真金白銀，而張景卻只不過是拿他的贗品來交換，他那窯裏燒出來的高仿品，數量多得很，拿這些來跟周宣交易，他是穩賺不賠的，而黃大中三個人則要拿錢出來跟他拼。這種拼法肯定是不划算的。

現在，他可以往上無限制地加價，直到黃大中三個人都承受不住爲止，而他卻不用爲此付出什麼，只不過是多加幾件高仿品給周宣而已。

這事情的真相，其實只有張景和周宣兩個人明白。當然，張景以爲只有他自己知道，周宣只是一條上了鉤的魚。

張景的意思，周宣十分明白，不過，他也不想便宜都讓張景一個人占盡了，當即擺擺手說道：「四位老闆，我看你們也不必再爭了，這四件微雕，我看四位就一人一件吧，既然都來了，大家就當是交個朋友，錢多錢少我無所謂，我看也別再加價了，就這樣，每件三億，那件蘭亭序六億，你們四個人各自挑一件吧！」

周宣一說完，就見到張景極度失望的樣子，張了張嘴，似乎還要再說什麼，周宣趕緊又補道：「張老闆，這事好說，我家裏還有幾件這樣的微雕，只要我到你那兒有看中的東西，我們仍然可以拿來交換！」

張景大喜，連連道：「好好好，那就這樣！」

黃大中、池喜前、吳秀林三個人聽周宣說一人一件，也都歡喜起來，不過聽周宣說家裏還有幾件，可以跟張景交換，這就讓他們不開心了。

當然，周宣只是寒暄一下，以便讓張景儘快帶他去找那製假集團的線索。

三件微雕，黃大中三個人一人一件分好了，也沒太大爭議，就是那一件蘭亭集序，大家都想要，但張景硬是要下了，他可以再瘋狂加價。

除了張景，黃大中、池喜前、吳秀林三個人都開了支票，周宣特別要求黃大中把支票開成兩份，每張一億五千萬，一張遞給了林士龍，百分之十的酬金。

林士龍也毫不猶豫地開了一張五百萬的支票給方志誠，大的賺多的，小的賺少的，人人不落空。

魏曉雨不禁暗暗吃驚，周宣賺錢的速度著實驚人，昨天在賣場裡花了兩百來萬買的這幾塊翡翠，今天就變成了七億五千萬的支票進口袋，還有張景那兒的六億，日進十幾億，這樣的速度，當今的富豪沒有任何一個人敢跟他媲美！

交易結束，黃大中、池喜前、吳秀林三個人又各自向周宣遞上了名片，上面是專人專線的電話。

不過，周宣現在是易了容的，又是假身分，當即笑笑道：

「三位老闆，我現在是出來旅遊的，忘了帶手機，也記不住號碼，不過我跟林老闆商量好了，過幾天我會過來和他專門談一談合作的事宜，如果三位還有跟我合作的想法，不妨跟林老闆商量商量！」

林士龍大喜，周宣這話的意思，無疑是以後還有東西賣，而且是想讓他再出面，就是讓他再賺錢啊，這樣的好事，哪裡去找？

林士龍笑呵呵地趕緊給黃大中幾個人點頭說著，心裏也想著，一定要跟周宣這個人拉好關係，回去後不妨專程跟他走一趟，反正自己又不在乎時間和錢，把他這個人牢牢抓在手中才是正事，跟他一筆交易，勝過自己苦幹三十年！

現在幾個人是在吳秀林旗下的一個辦公地點，是接待私人用的，所以很隱秘，幾個人交易完成後，張景就對周宣說：

「魏先生，等你去我那兒看好貨以後，我們再談論價格的事，好吧？」

周宣點點頭，說道：「行，就這樣辦吧！」

張景沒有立刻開支票，現在給那是現金，等一下周宣如果挑到其他的贗品，那是貨換貨，他穩賺，而且賺得更多，所以只要周宣同意，他也不急著開支票。

再說，以周宣現在的表情來看，是對他的青花瓷很滿意，交換的事，十有九成，他那些貨可都跟這件青花瓷沒多大的區別。

下樓取了車後，林士龍對周宣道：「魏老弟，我還得跟你一起去，有個熟人好說一些，可別被人詐多了錢！」

當然，這話他是對周宣一個人悄悄說的，周宣笑了笑，微微點頭，讓他和方志誠跟去也好，這兩個人是這裏的地頭蛇，張景也熟悉，有他們在一起也方便遮掩破綻，以免引起懷疑。

張景當然是希望周宣和魏曉雨單獨去，而不想林士龍和方志誠也跟著去，但周宣微笑著示意了一下，然後跟魏曉雨上了林士龍的車。張景也只好無奈地尾隨其後。

周宣在車裏看到，張景開的車竟然是一輛極普通的標誌306，看來這個人十分低調，隱藏得很深，或許還真是找到了源頭。

以張景跟黃大中等人差不多的身價，卻只開了部十幾萬的車，這種情形，自然有點可疑了。

在車上，周宣問了林士龍：「林老哥，你知不知道這個張景要去的地方？」

林士龍搖了搖頭，笑道：「不知道，張老闆這個人在江北很有勢力，雖然沒有什麼名頭，但他的財富不在吳秀林之下，勢力卻遠比吳秀林要大，在江北的關係網無比深厚！」

其實在國內，很多巨富的財產比那些上榜的富豪還要高，但因爲這些人的財富來路太黑暗，見不得光，所以沒啥知名度。這個周宣是明白的，張景就是這樣的人。

林士龍也只是認識張景，真正跟他有什麼交情還遠算不上，張景是不把林士龍這樣的人瞧在眼裏的，方志誠就更別說了。

張景在前面開著車帶路，方志誠在後面開車跟著，周宣時不時旁敲側擊地問著張景的事，林士龍自然是只說些張景生意上的事。當然了，就算他知道張景一些暗中的勾當也是不會說的，周宣雖然能幫他賺大錢，但要讓他來對付張景，背後做什麼手腳，他是絕對不肯做的。

周宣也不過分，問了幾句也就不問了。他這樣是恰到好處，顯示了對張景的好奇和擔心。這是很正常的事，任誰都會有這樣的想法，帶了如此値錢的東西，隨便跟著不認識的人亂跑，誰會不擔心？

俗話說，匹夫無罪，懷璧其罪，你是個窮光蛋沒人會來理會你，但你身上揣了價値連城的寶物，那就有罪了，只要你有讓別人眼紅的東西，也許就會給你帶來了殺身之禍！

林士龍倒是安慰道：「魏老弟，這一點你放心吧，在我們這一行，搶劫是大罪，張老闆身家巨億，犯不著做這些下作手段！」

周宣笑了笑，點點頭沒再說話，怕當然是不怕的，來就是爲了這件事，側頭又瞧了瞧魏曉雨。魏曉雨輕輕笑了笑，伸手握住了他的手，慢慢又握緊了。

魏曉雨臉上雖然化了妝，面容也很普通平凡，但周宣還是從她眼裏瞧得見那驚人的美麗。

第一九〇章

頭號對手

張景的這個客人竟然是馬樹！
別人自然不知道周宣為何如此吃驚，
連魏曉雨都不知道，因為她不認識馬樹！
更讓周宣吃驚的是，馬樹身上有冰氣的氣息，
難道他就是那個鬼面具？周宣這一驚可是非同小可。

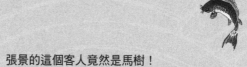

張景開著車竟然出了城，往偏僻的鄉間路上開去，越走越遠，到後來只見山和樹林，青山綠水的，地方倒是很漂亮。

這一程至少走了三個小時，太陽都偏西了，魏曉雨看了看手機上的時間，下午兩點四十，鄉間的路不差，都是水泥路，但是很窄，又是單行道，彎道也大，所以開得很慢。遠遠地看到前面有過來的車，還得在岔道口等著，讓對方過去後才能再往前開，所以時間就耽誤了，三個小時倒有兩個小時花在了這條小路上。

周宣沒想到張景帶他來的地方會這麼遠，不僅僅是他沒想到，就是林士龍和方志誠都沒想到。

再往前開了幾公里路，終於到了。

是一家獨門獨院，紅磚碧瓦，很漂亮的一所大院子，大院門裏有人出來把大門打開了，裏面停放了五六輛小車。

張景笑呵呵地下車，然後對周宣道：「魏先生，請到裏面坐，不好意思，把你們帶這麼遠，到鄉下來了！」

周宣也笑笑道：「沒什麼，鄉下空氣好，又清靜，沒什麼不好啊！」

張景把他們請進客廳裏，看得出來，這裏是張景很喜歡的一個地方，客廳裏大部分傢俱都是紅木的，如今的紅木傢俱可不便宜，主位上還有一把太師椅，竟然是紫檀木做的，這可是一件好東西！

周宣坐下來後，眼睛盯著那張紫檀木的椅子，古色古香，年份竟然有四百多年，當然，這只是做工做出來的年份，如果說那紫檀木本身的年份，更是有九百多年了。

張景吩咐傭人送茶上來，一邊又盯著周宣嘿嘿笑道：

「魏先生，好眼力啊，一般人來我這兒，可沒像你那麼仔細地盯著我的椅子看，嘿嘿，可看出來哪裡異常了？」

張景說這話的時候，語氣裏明顯有得意的意思。

周宣當然知道，一來他就用冰氣探測了整棟院子，雖然冰氣還不能達到五六十米，但六成的冰氣也能探測到三四十米遠近，而且他要探測的話，把冰氣凝成束後，距離更是能增加幾倍，所以這整棟院子都在他的探測範圍以內。

院子很寬，起碼超過了一千五百平方，其他屋子中，至少有十五個壯年男人，有幾個還是練家子，看來這張景真不簡單，這些人顯然是他的打手一類。

而且，周宣還探測到一間密室，裏面存放了不下百餘件瓷器青銅等贗品，看來這兒還真是一個銷贓點，不過這裏可能不是老窩。

因爲周宣沒有探測到製假的工具，也沒探測到工人，而且那些瓷器也還要經過窯燒製，但這附近並沒有看到有燒窯出現，所以周宣斷定，這兒只不過是張景的一個小據點，不算是老窩。

想來也是，總沒那麼容易就讓他輕鬆找到老窩吧？

周宣眼光從紫檀木椅上收回來，收回探測的冰氣，然後笑笑道：

「張老闆，你這把椅子可不一般啊，呵呵，給你兩百萬都不會賣吧！」

張景哈哈一笑，伸了伸大拇指，說道：「厲害厲害，佩服佩服！」說著瞇起了眼睛，對周宣有些刮目相看起來。

這個人並不是如林士龍說的，只是有些愛好而已，現在瞧來，絕對是個高手，他沒用別的方法，進來瞧了幾眼就知道這把椅子的非凡處，那可不是一般人能看得出來的。

紫檀木之貴重，說寸木寸金都不爲過。現在全世界都找不到成材的紫檀木了，相傳紫檀木有十年成寸，百年不過尺的說法，現在能找到的，也都是清以前從國外流進來的木料，以前的大戶人家通常會買紫檀木來做主梁，因爲紫檀木本身是最堅硬的雜木，又帶有一股淡淡的香氣，對人體極爲有益。

到了現代，很多老屋梁是紫檀木的，都把老屋拆了，把那根梁柱取出來，這一條梁柱可以賣上上千萬元的高價，拆棟房子自然就算不了什麼。

張景這張太師椅，主體用料算不得頂好成型的老紫檀木，但這麼大一張椅子，用料也不少，不過用的料不是主幹，多是臂粗的枝幹而已，但就這樣，這張椅子的價值也會超過兩三百萬。

又因為成型的紫檀木可以說絕跡了，現今要再做紫檀木的傢俱，只有從民間收購那些仍未被發現的老屋中的梁，但也如萬里尋一，難度可以想像了，所以就算再貴，也是有價無市！

張景奇的是，周宣竟然這麼普普通通就能瞧出他的紫檀木椅，這東西現在可是很少有人看得出來了，沒見過的東西自然是不容易認出來的，心裏有些吃驚，不知道周宣有這樣的眼力，這對他的那些贗品是個極大的威脅。

不過，張景還是有些信心，他那些贗品，別說是周宣這麼年輕的人，就是那些國家級的專家、教授，還不是都給瞞住了？這幾年，他通過下家賣給那些博物館的又何止百件？又有哪個專家看出來了？

只是張景還是小心著，今天沒做更多的試探就把周宣帶到他這間據點來，主要是因為周宣的翡翠微雕實在太驚人了，他做的這些贗品，本就是一本萬利的生意，但人家的微雕一件就頂過他幾十件贗品的利潤了，而且這東西又小又方便，可不像他的古董。

聽周宣說，那把椅子就值兩百萬以上，林士龍和方志誠倒是吃了一驚，魏曉雨也是，跟著周宣幾天，別的沒見識到，但一件一件的稀奇事倒是見得多了，隨隨便便一件普通東西就值個數百萬，當真在周宣的世界裏，錢就不是錢了，或者，錢不應該用百千萬來計算，而應該用千萬或者億來做計量單位。

幾個人的眼睛都盯著那張深色漆的木圈椅子，看這個樣子，也不像多麼不尋常啊，就算是鑲金的，那也不值幾百萬吧？

周宣又呵呵笑道：「這可是一張紫檀木的椅子，兩三百萬，不算過分！」

張景也嘿嘿一笑，倒是漫不經心地問道：「魏先生，我倒是聽說紫檀木寸木寸金，這張椅子應該不值這個價吧？」

周宣有意頂他一下，笑笑道：「張老闆是來考我了？呵呵，那我就說說，這張紫檀木的椅身是用九百年的紫檀木枝幹做的，並不是主幹，所以價值要略低一些，三百萬是個正常價，再上也就幾百來萬之間，如果是主幹，那最少就值六百萬以上，現在的紫檀木比金子還要貴，因爲黃金還能開採，紫檀木可是沒得採了，兩者是不同的！」

張景梗了一下，臉上有些懊悔的樣子，不過一閃即逝，表面上看似無所謂，但心裏卻是惱了起來。

狗日的，他本身就是一個造假製假的專家，卻沒想到也上了人家的當，幾年前，他可是花了七百萬把這張紫檀木椅子買回來，東西不假，但還是上了當，花了一半的冤枉錢！

看來這個叫魏曉的傢伙還真不是一般，不過，張景對周宣的防心倒是又減了幾分，因爲如果是警察的話，那可是找不到有如此經驗和眼力的古玩類專家，周宣能一眼看出是紫檀木，還知道紫檀木的年份，這可是太讓人吃驚了！

張景伸手請道：「喝茶喝茶！」自己先端起茶喝了一口，掩飾了一下表情，然後又問道：「魏先生，呵呵，可否說說，你也沒用其他工具儀器就看出這紫檀木的年份，這是怎麼看出來的？」

通常樹木年齡是看年輪，但枝幹上的與主幹上的肯定不一樣，要瞧出來就很難，而且這椅子是做成成品了的，並沒有紫檀木的接頭斷面層露在外面，根本就看不到年輪的地方，張景很奇怪周宣是怎麼看出來的。

當初買的時候，那賣家說是九百年的紫檀木，這個倒是沒錯，但周宣可是說，這椅子只是用枝幹做的，所以價值就大打折扣了。

周宣倒是怔了一下，這紫檀木的年份可是用冰氣探測出來的，如果僅僅從這椅子的表面，還真是沒辦法看得出來，一時間倒是不知道要用什麼話來解釋。

張景卻是呵呵笑著擺了擺手，說道：「算了算了，魏先生，算我多話了，大家都明白，高手辨識的技藝那是絕對機密的，不會外傳出去，這我瞭解！」

張景把意思想到那個上面去了，周宣倒是鬆了一口氣，也好，他這樣理解也算恰當，正好遮掩他不能說的秘密。

其實每一行中，最高級的技術都是保密的，大到科技，小到吃食，做什麼都有一項技術，不是最要緊的人是不會隨便傳授出去的，很多技藝還有傳媳不傳女，傳子不傳侄等很多規矩。

喝了幾口茶，周宣平靜下來，也不急著要去看那些收藏品了，因爲在他的冰氣之下已經看到了，這裏的東西確實是跟在傅遠山查獲到的一樣，都是贗品，而且造假手段相同。

周宣用冰氣能探測到，從那些贗品勾縫用的原泥上，分子間的細微處相同，顯然是同一個地方做出來的，這也算是肯定了張景至少也是這件案子中的重要一環了。

前面因爲鬼面具的出現，把那十一個人全部害死在山洞裏，那條線索就算斷了，而現在又重新找到了一條線！

周宣不急，但林士龍和方志誠可就急了，他們急於想要看到周宣跟張景做交易，且交易越大越好，這樣他們才能有更多的錢收，不過周宣那一件蘭亭序的酬金可是已經付給他了，要交換的話，他沒有額外的收入，除非周宣再買上更多的古董。

張景也有些急，因爲那件微雕還在周宣身上，並沒有交給張景，因爲周宣還沒有在這兒選到他要的東西，所以還不能算交易成功，要是周宣挑不中呢？

不過張景帶過去的那件青花瓶，周宣應該是瞧中了，在吳秀林那棟大廈裏，他的表情應該是很喜歡很中意。

張景有些沉不住氣了，笑呵呵地站起身，正要請周宣到他的收藏室裏觀看挑選時，忽然廳外傳來手機的鈴聲，隨即一個二十多歲的男子拿了手機進來，對張景低聲道：

「老闆，有客人來了！」

張景向周宣示意了一下，然後說道：「不好意思，我接個電話！」

周宣笑笑擺手，張景就接了電話，按了接聽鍵，一邊往廳外走，一邊說道：

「老弟，你怎麼過來了？呵呵，我這邊正有個客人，你來了正好，呵呵，高手呢……」

周宣也沒在意，聽到張景跟他朋友說著自己的事，也就沒再傾聽，側頭瞧起屋中的擺設。

這個張景顯然很有些底子，牆上掛的居然是幾幅真東西，每一件都值個上千萬，看來這是他擺門面的東西，真正的專家高手一見，首先就服了幾分。

周宣用冰氣測了，沒假，剛剛是把冰氣放出去探測房子別的地方，倒是沒有注意眼前的東西，這個張景很有手段，臉上貼的都是真的，背底裏賣的卻全都是假的，而且仿真做得十分高明，如果不是他有冰氣，還真是認不出來，只是他們的手段再高明，一切在冰氣之下，都只能顯現原形！

就在周宣注視著牆壁上的書畫時，聽到張景笑呵呵的聲音，跟了一個人走進來，到了客廳中，張景才對周宣這幾個人道：

「呵呵，不好意思，我朋友來了，來了就一起聊聊，都是同道中人，呵呵，給你們介紹一下！」

說著，張景把他帶進來的客人當眾介紹著，周宣一見這個人，忍不住大吃一驚！

張景的這個客人竟然是馬樹！

別人自然不知道周宣爲何如此吃驚，連魏曉雨都不知道，因爲她不認識馬樹！

更讓周宣吃驚的是，馬樹身上有冰氣的氣息，難道他就是那個鬼面具？

周宣這一驚可是非同小可，差點就跳了起來，只是他臉上被魏曉雨化了妝，臉色變了也瞧不出來什麼。

不過，這當然瞞不過馬樹了，雖然面容看不出來，但周宣身上的冰氣氣息跟他一樣，如何能不知道？

馬樹刷地一下站了起來，進來的時候沒想到這回事，也沒使用冰氣，所以並不知道客廳裏還有帶著冰氣氣息的人！

「你……你是……周宣？」

馬樹指著周宣的臉喝道，臉色大變，顫著聲音道：

「你沒死？你是怎麼出來的？」

周宣呼呼喘著粗氣，這個鬼面具終於露出本來面目了，只是無論如何都沒想到會是馬樹！

這個曾經被他像踩螞蟻一樣輕鬆踩在腳下的人，也是自己遇到的唯一一個擁有讀心術的人，現在怎麼會變得和自己一樣，擁有了冰氣異能呢？

在香港的時候，周宣絕對可以肯定馬樹沒有冰氣能力，而且這個能力是不可轉移的，除非有黃金石通過血液上身後才可擁有，可馬樹是從哪裡得到黃金石的？而且，他又是怎麼知道冰氣能力的？

一切的一切，周宣都不明白，也無法解釋，但更多的是震驚！

周宣伸手把魏曉雨拖到身後，也就在這一剎那間，兩個人的冰氣相碰，無形中激起層層能量波動，張景、方志誠、林士龍三個人有如被炸飛一般，給重重拋起撞在牆壁上，哼也沒哼一聲便即暈過去，不知死活！

由於用冰氣護著魏曉雨，周宣分了些心，對馬樹的強大攻擊立時便處在了下風。

周宣還從來沒有與同樣擁有冰氣異能的人相遇過，用冰氣對陣冰氣，周宣只覺得猶如在拍特技電影一般，冰氣在腦子中顯現出與馬樹冰氣相鬥的情形，這就叫做能量互鬥！

「馬樹，你怎麼會使用我的冰氣異能？我的晶體是你偷走了吧？」周宣一邊喘氣運勁，一邊盯著馬樹問著。

魏曉雨在周宣身後動彈不得，周宣獨自一人使用冰氣的時候，她一點也不覺得，但與另一個擁有冰氣異能的人狠鬥的時候，她就感覺到了。能量所及的範圍便如千斤巨石壓著一般，想移動一寸也不可能。好在有周宣分了冰氣保護著她，要是處在馬樹的冰氣之中，只怕她早化成黃金給吞噬了個乾淨，不留一點痕跡！

「哈哈哈！」馬樹狂笑起來，也察覺到周宣的冰氣沒有完全恢復，比他略遜一籌，若是周宣的冰氣完好如初，肯定還是要勝他一兩分的，畢竟他的冰氣異能來得遲得多！

「告訴你也無妨，反正你現在奈何我不得，而且我有晶體在手，要超過你只是遲早的問題！」馬樹獰笑著說道：

「在香港船上那一次，你分心對付別人的時候，可知道我拼了命用讀心術讀到了你腦子的最深處，從而得到了你冰氣異能的來歷！所以後來，我就到處尋找黃金石。

但確實很難找，這種天外來物是可遇不可求的，我找不到。但我卻在南方你當初得到黃金石的那個海底尋了許久，終於給我逮到了那隻異化的海龜，知道嗎，真是天助我！從海龜血中，我得到了冰氣異能，雖然極其微小，但我終於擁有了與你一樣的能力！

後來我又到京城，暗中偷了你的晶體，得到晶體後，我的能量大增，雖然比你還弱幾分，但也差不了多少，而且我有晶體，你沒有晶體，時間一久，高下就分出來了，你絕對不是我的對手，哈哈，只是，我想不到的是，在那山洞裏你居然還能活著出來，你怎麼出來的？」

聽著馬樹狂妄的話，周宣終於明白了，原來馬樹是偷取了自己腦子中的記憶才得到了冰氣異能的秘密，他找不到黃金石，但卻從自己的記憶中得到自己從海底撿到黃金石的記憶，雖然沒有黃金石，但那隻與黃金石天長日久相伴、吸了一部分異能的海龜，卻成了馬樹的希望，也沒想到，他居然真的在那裏找到了這隻海龜！

與周宣冰氣互鬥之中，馬樹把晶體取出來，冰氣連接到晶體中，龐大的冰氣能量一下子湧了出來，周宣立時便承受不住，客廳中的桌子椅子霎時間轉化成黃金，緊接著，又被晶體吞噬掉，消失得無影無蹤！

而那張值幾百萬的紫檀木椅子也同樣消失在空氣之中，化爲烏有！

如果馬樹沒有晶體，周宣即使要分心照顧魏曉雨，也不會太狼狽，畢竟馬樹冰氣練成時間太短，遠不如他純熟，而且周宣還有一點要強過馬樹，那就是他的冰氣是與自身修煉的內家功夫相結合的，而馬樹沒有修過內家功夫，高下自然不同。

但此刻，馬樹一心要把周宣化爲烏有，他要把周宣從這個人世間抹掉，因爲只有周宣才能給他最大的威脅，如是所說，周宣不死，他一天難安！

所以，馬樹在向周宣猛逼的時候，把晶體拿出來，借著冰氣裏最強勁的冰氣，準備一下子把周宣轉化吞噬掉！

周宣心跳如雷，被如山一般的壓力緊逼，冰氣支撐的範圍越來越小。馬樹急切間也撤了四面八方的包圍圈子，只以面對面直接進攻爲主，周宣更加支撐不住，好在魏曉雨的壓力大減，之前她已經承受不住了。

而周宣首當其衝，身子前半面的衣服褲子在強大的冰氣壓力中，已經給轉化消失掉，身體還在用冰氣苦苦支撐著。

一個迅速消耗，一個源源不斷吸取，高下已分，周宣只是在作最後的掙扎而已。

「曉雨，把……把我背上那個包裹的九龍鼎拿出來，快……」

周宣快要絕望的時候，忽然想起昨天得到的那個九龍鼎。要是把九龍鼎催發起來，將馬樹定住，自己就可以搶得一絲時間逃走！

魏曉雨知道情況危急，趕緊把周宣背上的包包打開，把九龍鼎取了出來，周宣接了過去，頂在胸口上。

馬樹不知道周宣在搞什麼鬼，但他也不怕，周宣已經完全在他的掌控之中，最多幾分鐘，晶體裏的龐大冰氣就能幫他把周宣徹底吞噬掉！

周宣哪裡還有時間多想，裸露的肌膚已經強烈感覺到被金化，於是，左手猛地伸進鼎裏握住那珠子，把冰氣分了一分逼到珠子上。

但珠子卻沒有反應！

周宣忽然一驚，才發覺九龍鼎裏沒有水！

我的老天！周宣哀嘆一聲，天滅我也！心一沉，胸如錘擊，驀地裏一口鮮血狂噴而出，卻是噴到了九龍鼎裏面，霎時間，血氣蒸騰！

周宣一怔，大喜若狂，血如水，冰氣在珠子上，血又染紅了珠子，已經催發了九龍鼎！血中包含了周宣的冰氣異能，並不同於清水，蒸騰起的氣霧如有形一般，被九條龍狂吸著。

馬樹又驚又疑，不知道周宣在幹什麼，只是周宣給他的壓力和恐懼感太大了，無論如何得把他吞噬掉再說，於是，馬樹也就越發運力，將晶體中的能量轉發出來。

周宣已經無法再抵擋馬樹的冰氣，而他的冰氣也被吸進了珠子中，馬樹發覺周宣竟然無力抵抗了，不禁大喜，狂運起冰氣侵襲過去，準備一次就把周宣轉化吞噬掉！

但馬樹把狂暴的冰氣逼到周宣身上後，發覺冰氣沒有半分抵擋，而是長驅直入，但緊接著，馬樹又發現，冰氣只是從周宣的身上經過，再從左手上出去，直接進入了他懷中抱著的那個古怪小鼎中！

馬樹不知道是什麼原因，冰氣竟不能轉化周宣，心裏不禁又奇怪又害怕，越發運勁，加急把冰氣逼過去。而周宣懷中的九龍鼎中，九條龍的眼珠子忽然間閃了起來。

周宣大喜，知道時候快要到了！

九龍眼珠子發出紅光的時候，時間就會靜止，他們逃跑的時候也就要到了！

這時候，也由不得他加勁運冰氣了，那些珠子在瘋狂吸收著冰氣能量，脫都脫不掉！周宣也感覺到那珠子所需要的狂大能量，而他的那點冰氣根本就不夠看，這一次，遠比所有的吸收都猛烈得多。

馬樹也發覺不對，他全身的冰氣能量都隨著晶體中的能量轉入了周宣抱著的九龍鼎中，半點也不受他的控制。大駭之下，馬樹連忙運勁回收，可冰氣根本不聽他指揮，甚至更猛烈地奔湧而出。

馬樹張大了嘴，叫都叫不出來，只覺得晶體中的冰氣能量如炸開了口般狂瀉，此時，已經沒有什麼能阻擋得住這麼狂暴的冰氣洪流！

周宣只能眼看著這種異象產生，絲毫動彈不得，只能這樣聽天由命，否則就會被馬樹給轉化吞噬掉，消失在這個人世間。

也就在這個時候，周宣忽然發現，九龍鼎上的九雙龍眼忽然同時亮了起來，不過卻不是紅光，而是白光！白色的光如一條玉帶般跳躍起來，把他和魏曉雨、馬樹三個人纏繞起來，閃爍不定！

馬樹驚得呆了，顫聲道：

「周……周宣，你在幹……幹……幹什麼？」

周宣也不知道九龍鼎在幹什麼，不像是時間靜止的樣子。前一次九龍眼射出紅光時，時間靜止了，魏曉雨和那個女服務生都凍結在了時間之中。

可現在是怎麼回事？

馬樹、魏曉雨，包括他，每一個人都還能動，而且都是清醒的，而那九龍的眼珠射出的是白光，而不是紅光，而且白光多得多，也亮得多，幾乎是凝成了實物一般飄了起來，在三人身外飄浮環繞！

周宣也不知道到底發生了什麼事。

就在這一瞬間，馬樹發覺到自己身上那顆晶體已經在狂洩能量中飛了起來，並且直直落入了周宣那個鼎中。

接著，九龍鼎的能量狂漲，白光也忽然大盛，就在白光把眾人的眼睛都閃爍得睜不開的一剎那，那晶體忽然爆炸開來，而馬樹、周宣、魏曉雨三個人，都在狂暴的能量中給拋開了去。

《淘寶黃金手》第一輯完，全新第二輯即將隆重出版，敬請期待！

首席御醫

之 1

當代奇人

【試閱】

銀河九天 著

特一號病房位於住院部的頂樓，門口站著兩名內衛把守。

在省人民醫院，病床一向都很吃緊，有時候甚至過道上都要擺病床住人，就這兒，你不塞紅包不走門路，想住進來比登天都還難。可在頂樓這裏，你完全看不到那種情況，整個樓層空空蕩蕩，並且前後封閉，除了一部專用電梯外，外人是無法直接到達這裏的。

進來之後，曾毅的第一印象，就是大。

整個特一號病房佔據一百多個平方，除了患者的病房，另外還有兩間親屬房和一間護工房，客廳更是大得離譜，而且裝修極盡奢華，全部的高檔真皮沙發和進口紅木傢俱，各式家電也是應有盡有，比起五星飯店的總統套房，有過之而無不及。

患者的病房裏，陳高峰已經在報喜了：「馮廳長，向您彙報一個好消息，京城的李老過來了，您這病很快就能好，千萬放寬心！」說完，他直起身子，指著床頭的吊瓶道：「輸液的事很重要，一定不能馬虎，這裏要有人二十四小時守著！」

曾毅躲在人群後面，心想這位陳廳長真是一屁兒精，像輸液這種小事，又何須你廳長親自強調，醫院方面怕是早就把它當做天大的事來辦了。

李正坤接過消毒手套，不慌不忙地戴著，腦子裏順便把張仁傑說的病情梳理了一遍：持續性發燒，未見任何器質性病變，那麼就是單純性的腹瀉了，再根據各項檢查的結果看，問題最有可能還是出在腸道上。

理出思路後，李正坤來到病床邊，先是看了看吊瓶上的標籤，確認病人正在輸什麼液，然後彎下腰，仔細觀察著病人的氣色，又翻開眼皮檢查了眼底，最後輕聲問道：「你現在是什麼感覺？」

「累，冷，沒有力氣……」

馮玉琴此時已經被無休止的腹瀉折騰得一點力氣都沒有了，整個人虛弱至極，聽到李正坤的問話，她需要強提一口氣，才能勉強作答。

李正坤聽到這裏，心裏就已經有了基本的判斷，他看病人的情況不好，也不再多問，扭臉對張仁傑道：「我們出去討論吧，讓病人好好休息！」

按照規定，醫生一般是不能在病人面前討論病情的，以免干擾到病人的情緒。

趁著大家都往外走，曾毅才有機會觀察了一下病人，他不知道病人的身分，否則肯定會大吃一驚，眼前這個躺在病床上的患者，身上此時除了能看出虛弱外，哪還有半點第一夫人的架勢。

床頭的儀器，顯示病人的體溫是三十八點三度，而且已經持續了好幾天。

一般人如果燒這麼久，身體多少會出現津液減少的症狀，比如口乾舌燥、面紅目赤，嚴重的甚至還會神志昏迷。但曾毅注意到了，眼前這個病人沒有絲毫津液受損的跡象，剛才回答李正坤的問題時，她的神智也非常清醒，甚至她的嘴唇，此刻還隱隱泛青。

曾毅的眉頭就皺了一下，這說明病人雖然發燒，但卻不是大熱大燥之症，相反，她的體內還存在著寒氣。所有的醫生都已經出去了，曾毅也不好做進一步的觀察，只能跟在隊伍的後面走了出去。

病房的門一關，外面的會客室就成了一個臨時的會診室。

李正坤這才問道：「病人現在的排便情況如何？」

聽完醫生的彙報，李正坤微微點頭，看來情況基本符合自己的判斷，他道：「病人的腸道，很有可能是菌群失調。」

張仁傑就捧出一份報告：「李老，這是我們之前做的結果，您請過目！」

李正坤接過報告，先是扶了扶鏡框，然後「啪啪」抖了兩下報告，最後瞇著眼睛看了起來。

片刻之後，他放下報告：「看來我的判斷沒有錯，根據塗片的定量和定性分析結果，原本應該寄生在腸道內的常住菌，數量變得微乎其微；與此同時，卻檢出了數量群體都極爲龐大的過路菌。很明顯，病人腸道內的菌群比例已嚴重失衡，這是非常典型的腸道菌群失調症！」

張仁傑立刻露出欽佩之色，那表情好像是在表明：李主任真不愧是中央領導的專職醫生啊，水準就是高！

「我完全認同李老的結論！」張仁傑第一個表示贊同。其他的醫生，也紛紛表示認同。

曾毅心裏想，如果只用西醫的診斷方法，換作是自己，也會是這個結論。曾毅雖然是搞中醫的，但並非完全不懂西醫，相反，他的西醫水準甚至要比絕大多數的醫生還要高明，只是邵海波不知道罷了。

陳高峰不甘人後，笑著誇道：「李老經驗豐富，目光如炬，再複雜的病症到了您手上，那也是易如反掌。現在病情也清楚了，您就給定個治療方案吧！」

這個馬屁讓李正坤非常受用，但他並不著急出方案，而是看著張仁傑：「抗生素用過了吧？」

「用了，用到了規定劑量的一點二倍，但……」張仁傑說到這裏，就搖了搖頭，表示抗生素療法對馮玉琴無效。

「那菌群促進劑呢？有沒有配合著一起使用？」

「也用過了……」張仁傑再次搖頭。

李正坤的臉上，第一次露出了凝重的表情，抗生素無效，菌群促進劑也無效，如果是這樣的話，事情就有點棘手了。眼下病人的情況已經非常危險，採用更溫和的保守療法，病人怕是等不及，但採用激進的療法，病人的身體又難以承受。

「倒是有一個速效的療法，只是……」

李正坤的右手，不由自主地叉在了腰上，然後緩緩踱步，這是他思考時的習慣。足足兩分鐘後，他停下了腳步：「灌腸療法嘗試過了嗎？」

張仁傑的臉上立刻露出為難之色，要是一般的病人，肯定早就用了，可現在病的是省委書記的夫人，這種療法怎麼敢輕易嘗試呢？

李正坤一看就明白了，他也知道張仁傑的難處，但思來想去，他還是覺得這個療法最為可靠，也是此時最佳的治療方案：「病不諱醫嘛！還是爭取做一做病人的工作吧！」

屋子裏的醫生全都不說話了，誰敢去做馮廳長的工作啊，能做通，也不能去做！日後省委書記的夫人病好了，只要想起這事，那肯定是如鯁在喉，到時候我們這些人豈有好日子過？

張仁傑的肩膀也是往回縮了縮：「灌腸療法確實是目前的最佳選擇，只是……這樣吧，穩妥起見，大家都議一議。」

「病情清楚無誤，還要議什麼！」李正坤大為不滿，向來他說好的方案，那一定就是深思熟慮後得出的最好方案了，沒人敢質疑的，「此刻病人就躺在床上，而且病勢如火，隨時都有可能進一步惡化，你們準備議到什麼時候！要是耽誤了最佳治療時間，誰來負這個責任？」

屋內噤若寒蟬，誰也沒敢回應。

「你們要是覺得不好開口，我去跟病人講！」李正坤發了火。

正僵持著，特一號病房的門被推開了，進來一人輕聲說道：「省委方書記馬上就到，大家準備一下，方書記要聽取治療方案。」

自從馮玉琴住院後，方南國每天都會來醫院，但從不詢問治療上的事，他怕因爲自己的一些言行，影響到了醫療小組的正常決定。可眼看馮玉琴一天不勝一天，方南國也坐不住了。

病房裏，一群專家聽說省委書記要來，不由自主地屏聲靜息地站在那裏，靜靜等待著方南國的出現。

方南國是個雷厲風行的人，通報後不到一分鐘，他就走了進來，黝黑的國字臉上生著兩道濃眉，猶似兩把利劍懸在那裏，非常威嚴。

看到陳高峰和醫院的專家，方南國的目光並沒有多作停留，只是點了一下頭：「辛苦各位了！」說完，他朝李正坤伸出熱情之手，「李主任，又見到您了。感謝您親自到榮城來給內人治病，辛苦了，辛苦了！」

即便身爲一方諸侯，方南國也不敢輕易怠慢了李正坤這樣的人物，更何況自己的夫人此刻還躺在床上等著人家去救治呢！

李正坤這回也不托大，客氣道：「這都是醫者天職，分內的事，談不上辛苦！」曾毅在心裏琢磨，乖乖，省委書記都出現在了病房裏，那躺在床上的病人，難道是省委書記的夫人嗎？

方南國很快切入正題：「李主任，病情現在有結論了嗎？」

「經過仔細的檢查和排除，已經基本可以確定，病人患的是腸道菌群失調症！」李正坤解釋著，「簡單來說，就是病人腸道內的微生物比例失調，從而導致正常的排泄功能發生紊亂。」

方南國微微頷首，像是認同了李主任的結論：「好不好治？有沒有什麼行之有效的治療方案？」

「辦法倒是有一個，也是我們認爲目前最佳的治療方案，只是……」李正坤說到這裏，故意停頓了下來。

方南國多少就猜到了幾分，他鼓勵道：「病不諱醫嘛，李主任不妨直說。」

李正坤雖說不怎麼忌憚，但也不敢真的把馮玉琴當成一個普通的患者來對待，在說出方案前，他決定先鋪墊一番：「打個比方，如果說病人的腸道是一片土壤，那麼微生物就是生長在這片土壤上的青草，病人現在的情況是青草全都乾枯死掉了，想要解決這個問題，最直接的辦法，就是播種，重新給這片土壤撒上草籽。」

方南國就主動問道：「播種？怎麼一個播種法？」

李正坤猶豫了片刻，最後還是如實告之：「這個方法可能會讓病人難以接受，因爲它需要將健康人的糞便水，灌注到病人的腸道內，借此來改善『菌群失調』的局面。」

方南國一向氣度驚人，可在聽到這個方案時，也差點忍不住要罵娘。將別人排出來的糞便，再塞到病人的肚子裏去，這是什麼狗屁的治療方案！還能找出比這更污穢、更噁心的辦法嗎？他簡直無法評價，這究竟是要治病救人，還是在羞辱病人。

病人的體面還要不要？病人的尊嚴還要不要？

播種？你想播誰的種？方南國一股怒火直衝腦門，要是生病的是自己，誰敢提這種治療方案出來，老子第一個就用在他的身上。

感受到方南國的怒意，整個屋子裏靜得可怕。張仁傑的後背滲出一層冷汗，這也就是李老敢實話實說了，如果換了由自己講出這個方案，此刻後果難料啊！

李正坤早知道會是這麼一個局面，這種事情他見得多了，有的病人剛開始不想截肢，可到最後連命都沒有了，但作爲醫生，尤其是爲這些高級領導治病，他並沒有選擇的餘地，該說的必須要說在前面，至於採不採納，那是病人自己的事。

這也正是李正坤的高明之處，像張仁傑那樣瞻前顧後，最後反而會把小病治成大病，後果更加嚴重。

方南國強壓著怒火：「沒有更好的辦法了？」

李正坤搖搖頭：「這應該是目前最好的方案了！病人情況特殊，有很強的抗藥性，常規療法無法奏效，如果採用其他方案，病人的身體狀況又無法支持。而且現在情況危急，如果不採取速效措施的話，很有可能會引發更爲嚴重的併發症，屆時後果不堪設想。」

方南國踱了兩步，人也冷靜了下來，眼下自己夫人危在旦夕，還有什麼可顧忌的，救人要緊吶，只是他的心裏始終有些不舒服，像吃了一口蒼蠅似的。

馮玉琴的秘書一直就在會客廳站著，她看方南國沒有堅決反對，便推開病房的門，進去把專家的方案向馮玉琴作了彙報。

很快，房裏傳出怒喝：「什麼狗屁權威，沽名釣譽，白衣屠夫！我拒絕這個方案！」

「白衣屠夫」這四個字有些重了，李正坤神情尷尬地站在那裏，不再講話了，他心裏極爲不快，給總理看了這麼多年病，也不曾受過這氣啊！

其他人就更不敢講話了，甚至大氣都不敢出，大家在等著方南國的最後決定，畢竟他是病人的丈夫。

一時間，方南國這個堂堂的省委書記，竟也犯了難，他很瞭解自己夫人的脾氣，她一旦拒絕，那肯定就沒有挽回的餘地了。治，肯定是不能這麼治了，但不這麼治，又要到哪裏去找更好的專家、更好的方案呢？

「青草死了，問題不一定就出在草的身上，也有可能是土壤的問題！」

此時屋子裏靜得出奇，靠著門口的地方突然有人說話，就如同夜半鈴聲，將整個屋子裏的人都嚇了一跳，大家齊齊回頭，發現說話的人身上明明穿著省人民醫院的白大褂，但是誰也不認識。

張仁傑渾身上下的汗毛立刻豎立起來，他失聲驚叫：「你是誰?怎麼進來的！」

曾毅不想出這個風頭，可實在是憋不住了，同樣身為醫生，他從小接觸的是曾老爺子那套「醫者父母心」的理念，急病人之所急，想病人之所想，像這種灌糞尿水的治療方案，他極為反感，這哪是治病，這簡直是在對病人的自尊進行踐踏，自尊不在，人格何存?

普通人尚且還要幾分體面，更何況是省委書記的夫人呢，這個治療方案，比殺了病人還要讓她難堪。

曾毅往前兩步道：「我能談兩句自己的看法嗎?」

邵海波腦門的汗，此時嘩嘩往下直淌，曾毅跳出來的那一刻，他整個人就懵了，腦子只剩下一個念頭：這回可闖大禍了。

等反應過來，他這個做師哥的還是很厚道，急忙去幫自己的師弟開脫，他對著一圈的專家直抱歉：「這是我師弟，剛分來的實習生，鄉下孩子沒見過啥世面，什麼都不懂，大家千萬不要跟他一般見識。」說話的同時，他使勁把曾毅往門外推，再不走，今天這事恐怕就很難善了了。

張仁傑一聽，邵海波居然膽大包天地帶了一個實習生混進特一號病房，頓時火冒三丈，他指著曾毅的鼻子，厲聲吼道：「誰給了你講話的權力？這是你能來的地方嗎！馬上給老子滾出去！」

其他的醫生也是集體怒目而視，真是反了，這麼多的名醫專家就站在眼前，你一個小小的實習生，也配談什麼看法？於是紛紛出言呵斥：

「真是不知天高地厚！竟然敢懷疑李老的結論，李老可是腸胃病領域的大權威，他得出的診斷結論，怎麼可能會錯！」

「也不知道看沒看過病歷，就敢在這裏大放厥詞！」

「土壤有問題？有什麼問題啊？活檢報告上面清楚指出，病人的腸道沒有任何器質性病變，哪來的問題！」

「這麼多的專家都沒看出問題，偏偏你就看出來了，難道說我這些人的水準，還不如你一個實習生？」

眾專家夾槍帶棒，倒是把方南國的隨身警衛給嚇了一跳，他們沒想到在這堆白衣大褂中間，還混進了一個閒雜人等，於是悄悄朝曾毅那邊開始移動。

「你們讓他說，讓他說嘛！辯證，辯證，這病本來就是要越辯才會越明嘛！」

李正坤開了口，雖然表面上還是一副權威風範，心中早已惱怒至極，他先是被病人訓斥，再被人跳出來質疑自己的結論，這個人竟然還只是個實習生，這都是從未有過之事，史無前例啊，當下嘴裏的話也就不怎麼好聽：「小夥子勇氣可嘉嘛！平時我帶的那幾個博士生，只會跟在屁股後面點頭稱好，這哪是求實的態度嘛！看來以後在治學方面，我得多向你們南江省醫院學習啊。」

張仁傑的老臉頓時臊得通紅，這哪是誇獎，分明是在諷刺我管教無方，毫無威信，以致手底下的醫生一點規矩都沒有。

「一個實習生亂講的話，李老千萬不要當真，他怕是連辯證是什麼都不知道！」張仁傑聽出了李老的不滿，趕緊過來道歉。

說完，他恨恨地盯著罪魁禍首邵海波，怒吼道：「邵海波，你還站在那裏幹什麼，等著我請你喝酒吃飯嗎？讓他立刻從這裏給我消失！簡直是無組織無紀律，嚴重的自由散漫主義，你知道這裏是什麼地方嗎！從現在起，你也別當什麼主任了，立刻到急診室給我報到去！」

曾毅一聽火了，他沒想到自己的一句話，會給師哥帶來這麼大的麻煩。

一甩肩膀，他將邵海波推在一旁，回過頭指著李正坤，大聲質問：「爲什麼土壤就不能有問題？爲什麼他說的就一定是對的！如果他的診斷每次都正確，那讓他講一講，他現在右手下面捂的是什麼？」

李正坤的右手，此時正習慣性地叉在腰間，聽到這話，那條胳膊猛然一顫，然後被死死地釘在了那裏，半點也挪動不開。

醫生們集體憤怒了，這個實習生簡直是吃了熊心豹子膽啊，非但不走，反而是變本加厲，竟然敢拿手直指李主任，太放肆了。

張仁傑更是氣得渾身顫抖，他跳著腳大吼：「你……你給老子滾出去！」

「你們這是幹什麼，要給年輕人講話的機會嘛！」很奇怪的是，李正坤卻朝曾毅招了招手，「年輕人，你上前來，說一說你爲什麼認爲病人的腸道會有問題？」

屋子裏的人全體跌碎了下巴，自己沒有聽錯吧，這個實習生明明都已經蹬鼻子上臉了，可李老的話裏，非但聽不出絲毫的惱怒，反而是極其和藹，這太詭異了。

所有人的目光，開始若有若無地飄向李老的腰間，揣測那裏到底藏了什麼東西，能讓李老的態度在瞬間就來了個一百八十度的大轉彎。

方南國的那兩名貼身警衛，此時高度緊張，將視線牢牢鎖定在李正坤的腰間。

曾毅那句話究竟是什麼意思，可能也只有李正坤本人才會明白了。

誰都不會想到，李正坤的右手下面，其實什麼都沒有，但原本那裏應該捂著的，是他的右腎，因爲一次誤診，李正坤將自己的右腎給摘除了。

這件事情很丟面子，所以除了李正坤和那位主刀的醫生外，就沒有任何人知道了，即便是李正坤的老婆，對此事也是知之不詳。李正坤事後也曾認爲不會再有人知道這件事了，但有一次他爲某位中央首長會診，遇到了大國手謝全章老人，謝老當時只是看了兩眼，便對他搖頭：「正坤啊，你怎麼如此孟浪呢！」然後留下一個藥方。

用了這個藥方後，李正坤去掉了病根，並將身體調理痊癒，所以在聽到曾毅的話時，他大吃了一驚，不再因爲對方只是個實習生，就有絲毫的輕視，對方能夠一眼看出自己的暗疾，這至少是國手的水準了。

曾毅此時全豁了出去，今天要不把馮玉琴的病治好，師哥肯定會受到牽連，多年的打拚也可能就此化作流水。

他往前幾步，一直站到了李正坤的面前：「沒錯，從檢查的結果上，我們看到的確實是青草全都乾枯死掉了，但青草爲什麼會枯死呢？如果是土壤早已沙化，或者正在遭受大旱大澇，那麼請問，即便你重新撒下種子，青草存活的機率又有多大呢？」

李正坤很難回答這個問題，相對其他方案來說，速效療法成功的概率目前最高，但究竟有多高，能否就此治癒病人，他並不敢保證。

「嗯，你的說法也很有道理，那你就講一講，病人的腸道目前處於一種什麼狀態？」李正坤轉移了話題，同時也想借此試探一下，看眼前這個年輕人是真的具有和大國手媲美的實力，還是只會紙上談兵，又或者是胡言亂語、誤打誤撞。

「具體是什麼情況，還需要進一步的診斷，」曾毅從李正坤的語氣中，聽出對方願意給自己一個機會，心中稍定，便認真回答道，「但根據初步的觀察，我認爲病人目前是外熱內寒，體內凝聚著寒氣……」

「寒氣？」張仁傑指著曾毅的鼻子，「你的眼睛瞎掉了，沒有看到病人正在發燒！」

「閉嘴！」李老的眉毛頓時豎了起來，他狠狠地瞪了一眼張仁傑，「你要是有更好的方案，現在就講出來！要是沒有，就站到一旁，不要再聒噪！」

所有人齊齊倒吸一口涼氣，像是看見了這世界上最不可能發生的事情，李老竟然讓張院長閉嘴，還說不要再聒噪，這……這到底是什麼一個情況啊！

大家突然就覺得自己的腦子有些不夠用了，不可思議啊，太不可思議了！

李正坤繼續看著曾毅：「你的意思是說，寒氣凝結於內，以致病人的大腸冷滯，運化不靈，所以才會腹瀉連綿？」

曾毅點頭：「正是！」

李正坤沉思片刻：「那病人的發燒又該如何解釋呢？」

「也是因爲這股寒邪！寒熱不兩立，當寒邪凝結於內時，就會迫使熱往外走，熱聚體表，病人自然就低燒不止了。」

李正坤微微頷首：「你說得很有道理！」

屋子裏的人，始終沒從震驚之中回過神來，李老撇開滿屋子的專家名醫，卻去和一個實習生熱烈地討論著病情，這又給了大家一個巨大的衝擊。

張仁傑站在一旁，臉色半青半紫，他身爲一院之長，卻在這麼多下屬面前被李老訓斥，威信蕩然無存，羞憤得都想找個地縫直接鑽進去。

寒、熱都是中醫上的說法，李正坤身爲「御醫」，見多識廣，自然不會像張仁傑那樣無知。依照現行的保健制度，爲國家領導所配的專職醫療小組中，除了有各科的西醫大夫外，還必須配有一名中醫。

所以，李正坤在日常的工作中經常接觸到中醫，也曾多次目睹中醫的神奇之處，甚至他還不得不去學習了一些中醫的基礎理論。身爲醫療小組的副組長，如果對於中醫毫無瞭解，就很容易在關鍵時刻抉擇失誤。

李正坤踱了兩步，又問：「那你說說看，這股寒邪又是從哪來的？」

曾毅搖頭：「這不好說，我需要認真辯證後才能確定。」

「我知道了！」李正坤停下腳步，轉身面對方南國，「方書記，我提議讓這個年輕人再爲病人進行一次診斷。」

「李老，這個似乎不怎麼合乎規定……」陳高峰此時小聲提醒。

「一切後果，都由我來承擔！」

方南國同樣不清楚眼前是怎麼回事，但他也不需要弄明白，屋子裏的這些專家中，水準最高的就屬李正坤，他既然推薦這個實習生，自然就有他的道理，方南國知道這一點就足夠了：「醫療上的事，李主任最有發言權，你來決定。」

李正坤便過去推開病房的門，對曾毅道：「你跟我來！」

病房內，馮玉琴聽到腳步聲，睜開眼又看見李正坤，情緒就有些激動：「你什麼都不用講，我是絕不會接受你的方案的。」

李正坤不以爲意，耐著性子問道：「中醫的法子，你願意試試嗎？」

馮玉琴見不是來勸自己的，臉色這才好看一些：「只要不是噁心的法子就行。」

李正坤招招手，示意曾毅可以上前一試了。

換作是一般醫生，突然之間得到一個給省委書記夫人看病的機會，怕是早就激動難抑，心蕩神搖了。曾毅心中卻是一片空明，看到李正坤招手，他不疾不徐地走到病床邊，步子沉穩鎮定，絲毫不見慌亂。

李正坤不由暗讚，先不說這個實習生的真實水準到底如何，只是這舉手投足，就已然和自己所見的那些大國手毫無二致了。

馮玉琴看是這麼年輕的一個中醫，心裏就有些懷疑，中醫不都是一把花白的鬍子嗎？她隨口說出：「你會看病？」

曾毅笑了笑，並不做任何解釋：「我先給你號號脈，具體的有李主任把關呢。」

馮玉琴稍稍放心，雖說她抵制李正坤的方案，但對李正坤的水準，她還是很信任的，當下閉起眼養神，不再說話了。

得到默許後，曾毅拔掉了馮玉琴的吊瓶，稍等片刻，才伸出三根手指，輕輕搭在對方手腕處，然後微閉雙眼，一副老僧入定狀。

曾毅診完這邊的右手脈，又轉到床的另外一側，診起了左手脈。

一分鐘後，他收起架勢，對馮玉琴道：「是不是感覺肚子裏涼颼颼的，陣陣絞痛？」

馮玉琴點點頭，眼睛都沒睜開。

「胸脹，頭疼，後背發硬，而且鼻子還有點乾？」曾毅說話的同時，從馮玉琴左手的食指尖開始，順著手指一直往上按，一直按到了手肘處，然後再退回來，又從食指尖重新開始按起。

如此兩回，馮玉琴突然來了一句：「好舒服啊！」然後猛睜開眼，肚子似乎也沒那麼疼了，「你……你趕緊再幫我按幾下！」聲音竟然顯得非常急切。

馮玉琴此刻的感受，又何止是用「舒服」兩字就能形容的。如果有人也嘗試著連續十天拉不出大便，再連續拉一周的肚子，那他就能體會到馮玉琴此時的痛苦了，這種痛苦，根本就不是正常人所能想像的。

而眼前這個年輕的醫生只是簡單的一按，就讓馮玉琴立刻感覺到小腹中有一股暖流湧起，剛才還按捺不住的便意，頃刻間消失得無影無蹤，這是何等的一種暢快啊！

曾毅聽到馮玉琴的話，淡淡一笑，推開病房門，朝邵海波招了招手：「師哥，來，搭把手！」

邵海波先是愣了片刻，回過神，他跌跌撞撞來到病床邊，激動地抓住了馮玉琴的右手。

再按幾次，曾毅就停下了推拿的動作，這個用來緩解痛苦的技法，初次用效果會非常明顯，但再按下去就沒有多大的必要了。他對馮玉琴憨笑兩下：「半個多月前，您是不是感冒過一次，當時感覺惡寒無汗，頭頸疼痛，但是並不發燒？」

「荒謬！」

在後來開門輕輕跟進來的人群中，張仁傑低低地說了一聲，讓你摸下手腕子，你就敢說病人得過感冒，那要讓你摸個腳脖子，病人豈不是還要得個半身不遂？他從不相信中醫，認爲那都是騙人的東西，不過話說回來，但凡他能信一丁點兒，省院的中醫科也不會沒落到只剩下四名大夫。

誰知馮玉琴「啊」了一聲，臉上的表情驚訝至極。

張仁傑的臉瞬間成了豬肝色，看馮玉琴的反應，他就知道那個實習生又說中了。

半個月前，馮玉琴到下面視察，確實小病了一場，症狀跟曾毅說的一模一樣。但是因爲不發燒，她只當是普通的頭疼，吃過兩片止痛藥後，那些症狀就消失了，所以馮玉琴就沒把這件事放在心上，回來後也沒跟任何人提起，包括方南國都不知道這件事。

「這跟我現在的病有什麼關係？」馮玉琴問，就在幾分鐘前，她還是完全不看好這個年輕的大夫，但此時此刻，她相信對方一定有辦法治好自己的病。

「你這個病，叫做太陽陽明合病，是因寒邪同時入侵了太陽、陽明兩經引起的。如果我沒摸錯，當時你應該是受了涼風。」

馮玉琴點點頭，現在回想，好像就是在路上吹了涼風之後，自己才出現了那些症狀。

「太陽陽明合病的初期，寒邪偏於表，也就是說寒邪會聚在人的體表，表現出輕微的感冒症狀。當寒邪在表，熱就會被壓迫在體內，最後熱迫大腸，就造成大腸傳導失職，反應在人的身上，就是大便乾燥，排便困難。」

「啊？」馮玉琴又是一聲驚呼，這次不是驚訝，而是後悔！她不知道感冒還能引起便秘，早知這樣，自己就應該把感冒的事情早一點告訴醫院，也就不至於會遭這麼大的罪。

她心裏是這麼想，可事實未必能如她所願。因爲滿屋子的專家醫生，此時全都一臉茫然，惡寒頭痛這種症狀的感冒還能引起便秘？頭一次聽說啊！人人都在腦袋裏琢磨，病理是什麼呢？

邵海波心裏更加驚駭，馮玉琴的病歷是對外保密的，曾毅根本不可能接觸到，今天大家討論的又全是腹瀉，也沒人提起過便秘的事，師弟竟然只靠著診脈就全清楚了，厲害啊，就憑這點，已經不輸於師傅當年了，真不可小覷了他。

「病情繼續往下發展，寒邪會慢慢地由表入裏，此時情形就剛好相反，在內，因爲寒邪凝結在大腸，造成運化不靈，導致腹瀉連綿；而在外，因爲熱聚體表，自然會出現低燒不止的狀況。」曾毅看著馮玉琴，「你是不是有這麼一種感覺，雖然身體發熱，但心裏頭卻不熱不燥，就好像人在烤箱裏，心卻在冷庫。」

馮玉琴直點頭，這年輕大夫簡直說到自己的心坎裏去了，就跟他自己親歷親爲一樣，不像張仁傑那幫庸醫，只會掛點滴，掛得人心裏直打冷顫。

「這就對了！」曾毅此時才下了定論，「你儘管把心放寬，這個病不打緊的，我開個方子，吃了就會好！」

馮玉琴長舒一口氣，不知怎麼的，她就覺得眼前這個年輕大夫的話，透著一股熱情和信任感，讓自己聽了渾身暖洋洋，這病還沒開始治呢，就已經感覺好了一大半。

李正坤暗暗點頭，他注意到，曾毅的臉上始終掛著微微的笑意，憨厚誠懇，這一點非常難得，就是自己這樣的醫林老手，也很難做到的。往往有一些病人，病情本身並不怎麼嚴重，但就是被醫生臉上的誇張表情給嚇壞了，最後反而越治越重。

而且這個小夥子很有一套，他知道自己的年輕是劣勢，所以上來後不問病情病症，只憑號脈的功夫，再加上一個緩解病痛的技法，就迅速打開了局面，不但取得病人的信任，還振奮了病人的精神狀態，同時也將這個病的前因後果，解釋得清清楚楚。

這一手，在醫家裏叫做「亮山門」，靠的全是真功夫，沒有一丁點的虛假。

李正坤不禁在心裏頭豎起大拇指，這絕對是位優秀的人才啊，比起那些國手，也是不遑多讓。可惜性子毛躁了點，想到自己之前被衝撞的事，李正坤的心裏還有著一絲不悅，恃才傲物，對年輕人來說可不是什麼好事啊！

李正坤心裏正在琢磨的工夫，曾毅寫好了一個方子，檢查無誤後，他來到李正坤的面前，態度誠懇地遞上方子，道：「李老，您給把把關，看這個方子合適不？」

這一手完全出乎李正坤的意料！

說實話，他哪懂中醫的方子，但他對曾毅的這個態度非常滿意，之前心裏的那一點點不快，此刻也煙消雲散。

「不錯，這個方子還真是不錯嘛。」李正坤滿面笑容，不住頷首，「我看就用這個方子吧，病情緊急，抓緊時間用藥吧！」說著，他將方子又交還給曾毅。

「有李老這句話，我心裏就踏實多了！」

李正坤背著手，心裏極其舒坦，這個年輕人了不得啊，醫術超群，態度又謙卑，就是自己當年，也不見得就有如此風度，今天竟是看走了眼。他那樣閒閒的一招還真把自己給鎮住了，具有如此悟性的後生小子真真了得，今後應當給以特殊的關注，說不定發現一個比自己還高明的「國手」，也是對國家的貢獻。

張仁傑有點著急了，敢情這沒自己什麼表現機會了，他眼珠子一轉，上前兩步提議道：「馮廳長，穩妥起見，是不是辯證一下再用藥？我們院就有幾位老中醫，我這就把他們叫來，另外，我再從省中醫院協調兩位專家過來。」

馮玉琴一聽這話，忍不住就想給張仁傑一個耳光，早幹什麼去了，明明有中醫，我住院的時候你不提，確定治療方案的時候你也不吭聲，卻告訴我只有灌腸一個治療方案，難道是存心要看我的笑話嗎？

「不必論證了，我就吃這個藥了！」馮玉琴直接拍板，心想我要是再聽你的話，還不知道要在這張病床上躺多久呢！

李正坤的心裏同樣不爽，論證，論證，純屬浪費時間！難道說我的這雙眼睛還能看錯嗎？

張仁傑不知道因爲自己的多此一舉，已經在馮玉琴的心裏被判了死刑，他還在那裏做著「急患者之所急」的表演：「馮廳長，無論如何，這次您一定要聽我的，還是論證一下比較好！我要爲您的健康負責！」

馮玉琴眉頭大皺，索性將頭扭到一邊，片刻之後，冷冷撇下一句：「馬後炮！」

這一句聲音雖小，但整個屋子的人都聽得清楚。

張仁傑的那張臉，頓時就相當好看了，一會兒紅，一會兒白，站在病床邊進也不是，退也不是，他一天之內連遭兩回訓斥，那點院長的威風，全都給掃沒了。

大家看著張仁傑，心想你這是何苦來哉，只要最後治好了病，功勞還能少了你這個當院長的嗎？何況馮廳長現在對那實習生是無比信任，言聽計從，這論不論證的，最後都得吃那個藥。你這時候跳出來扯後腿，豈不是盼著馮廳長的病不要好？

李正坤微微搖頭，真是貨比貨得丟，人比人要死，張仁傑就這麼點水準，也不知道是怎麼混上院長的。

方南國看曾毅拿出了新的治療方案，又有李老來作保，他的心裏大大鬆了口氣，多日來緊皺的眉頭，也跟著舒展不少。

「李老，今天真是太感謝您了。如果方便的話，還請在南江多住上幾日，我陪您四處走走看看，只當是散散心嘛。」方南國向李正坤發出了熱情的邀請。

「都是分內職責，沒什麼好說的。」李正坤面露爲難之色，「我是非常想在南江多留幾天的，只是明天還要爲首長主持會診，您看……」

方南國當即作罷，笑道：「首長身邊無小事啊！這樣吧，等玉琴的病好之後，我一定讓她專程去京城登門致謝。」

「其實今天如果不是這位小曾大夫出手相助，差點就耽誤了大事，方書記，您要感謝，就感謝他吧。」李正坤倒還算是心地坦蕩，沒有貪曾毅之功。

有意無意，大家就又都看了一眼張仁傑，你看看人家李老，這氣魄，這風度……

張仁傑站不住了，主動請纓道：「既然是中藥的方子，那我去準備煎藥的工具。」說完，慌忙出了特一號病房。

方南國立刻指示秘書：「小唐，你辛苦一趟，去幫小曾大夫跑跑腿，抓一下藥。」

醫生們集體震驚，乖乖，省委書記的大秘，平時那都是高山仰止，可望而不可及的人物，現在竟然要給一個實習生去打下手跑腿，這事以前哪敢想啊！

「不敢，不敢！」曾毅急忙推讓。

「應該的，應該的。」唐秘書滿臉笑容，他好不容易才有了效力的機會，豈能讓曾毅推辭，當下客客氣氣地就把曾毅請了出去。

半個小時後，藥煎好了，唐秘書親自用托盤端著，跟曾毅一起回到病房。

「良藥苦口，千萬不要怕藥苦。」曾毅端起藥碗，「您先試一下，如果覺得不燙，最好是一口氣喝完，我保證喝完之後就能見效。」

李正坤沒有著急走，就是想留下來看看用藥後的效果，聽曾毅這麼一說，他覺得這小夥子的口氣有點大了，病人病了不是一天兩天，就算是對症，藥也不會這麼快就見效吧。

馮玉琴倒是非常相信，她用嘴唇感覺了一下藥的溫度，剛剛好，熱乎乎的，但又不燙，於是就擰著眉頭一口氣喝完。放下藥碗後，她躺在了床上，靜靜體會藥喝下去的感覺。

屋子裏非常安靜，大家都仔細觀察著馮玉琴的表情，心都懸在了嗓子眼。

十分鐘後，馮玉琴的肚子發出「咕嚕」一聲響，她的臉上立刻露出痛苦的表情。

壞了！

所有人心裏都「咯噔」一下，馮廳長這是又要腹瀉了。護士立刻來到床邊，準備扶馮玉琴起身。

「不急！」馮玉琴抬手阻止，示意自己還忍得住，「再等等吧！」

大家齊齊鬆了口氣，繼續挺著脖子在那兒等。

這一等，就又過了半個小時，馮玉琴非但再沒有要腹瀉的意思，臉上的痛苦表情反而是越來越淡，到最後，她竟然在眾人的集體注視之下，微微打起了鼾聲。

「呼……」

大家心裏的石頭終於落了地，見效了，真的見效了！這段時間以來，馮廳長時間被病痛折磨，連合眼都變成了極其奢侈的事，又何曾真正地睡過一分鐘的好覺啊！

李正坤上前仔細觀察片刻，低聲說出自己的結論：「病人狀態明顯好轉，低燒也開始減退，應該不會有什麼危險了。大家都退出去吧，讓病人好好休息。」

醫生們開始一個接一個輕手輕腳，小心翼翼地退出去，生怕製造出一丁點的噪音，而打擾了馮廳長的美夢。

曾毅也準備退出去，李正坤說了：「小曾啊，你就留在這裏好好照顧病人，如果有什麼事情，也好及時處理。」

方南國一向喜怒不形於色，此時看妻子能夠安然入睡，心裏頭歡喜難抑，臉色竟也有些潮紅。聽到李正坤的話後，他用大手在曾毅的肩膀上使勁拍了兩下：「小曾，是叫曾毅吧？好，你很好，這裏就全拜託你了。」

正往外走的人聽到這話，回頭再看曾毅，眼神全變了，能夠讓省委書記說你「很好」，還能讓省委書記記住了你的姓、你的名，這何止是了得啊，這簡直就是在升官發財的簿子上提前登了記，想不發達都難了。

這個實習生的命可真好啊！

大家一起到樓下，送走了李正坤，又送走了方南國，等回到辦公室後，就都拿右手叉在腰間琢磨，到底李老的右手下面藏了什麼東西呢？那實習生一不溜鬚拍馬，二不獻媚送寶，甚至態度還很惡劣，怎麼就憑著這一句話，讓李老瞬間就能慧眼識珠，並且力排眾議，向方書記推薦了他呢？

琢磨來琢磨去，誰也想不出個所以然來。

邵海波可沒有心思琢磨這個，他現在一腦袋的包，今天在特一號病房裏，張仁傑當著所有人免了他的主任一職，自然就不是說說玩的，否則這院長的話當放屁，以後還有什麼威信可言，還如何能鎮得住手下的醫生們。

急診室是個什麼情況，整個醫院的人都知道，全年無休不說，髒活累活還最多，送來的又都是急症重症，一個應付失當，就會釀成事故，到時候再被張仁傑抓住小辮子，那量身定制的小鞋肯定穿得你寸步難行啊！

邵海波奮鬥了這麼多年，好容易出人頭地了，卻瞬間又從天堂跌到地獄，一時間心裏愁壞了。

看看到了下班時間，他去特一號病房裏向曾毅囑咐了幾句，然後驅車回家。

家裏此時已經擺了一桌子的好菜，就等著給曾毅接風呢，誰知邵海波一個人回來了，身後卻不見曾毅。他老婆就問這是怎麼回事，邵海波也沒有心情解釋，飯都沒吃一口，就進屋躺在床上唉聲歎氣。

一晚上輾轉反側，難以入睡，等迷迷糊糊一睜眼，邵海波就道壞了，要遲到！臉都顧不上洗，他趕緊開車趕往醫院。

等一進大門，邵海波的心就沉了下去，張仁傑可不正在門診大樓的下面站著嗎，現成的把柄就這麼送到了對方手上，等著挨整吧。

把車子停好，邵海波就小跑前進，迎向了張仁傑，一邊在心裏給自己鼓勁，實在不行，大不了就給在外省的老同學打個電話，聽說他現在已是某地級市衛生局的副局長了，安排自己應該不成問題吧。

「張院長，我遲到了，我向你檢討！」邵海波三十好幾的人，大庭廣眾下像小學生給老師做檢查一樣，這話說出口的時候，他的臉燒得直難受。

本以爲迎接自己的會是狂風暴雨，誰知張仁傑卻是笑哈哈：「海波啊，這幾天確實辛苦你了，爲了馮廳長的病，你日夜操勞，遲到一會兒又有啥子嘛！等馮廳長痊癒，我批你幾天大假，好好休息，養好了精神，才能更好地爲患者服務嘛。」

邵海波的腦袋一時轉不過來，怎麼回事，張院長這是要演笑裏藏刀嗎？

「院長，我以後一定嚴格要求自己，這樣的事情絕不會再發生了。」

張仁傑帶著嗔怪的口氣：「你看你這個同志，老虎尚且還有打盹的時候呢！回頭我一定要號召全院向你學習，時刻不忘對自己高標準、嚴要求。」說完，張仁傑親熱地拽住邵海波的胳膊，「走，陪我去探望一下馮廳長。」

邵海波擦了擦腦門上的冷汗，小心問道：「馮廳長的病有沒有好點？」

「奇蹟！簡直是奇蹟！」張仁傑放大了嗓子，「馮廳長的病，已然是好了大半。海波啊，好好幹，像曾毅這樣的人才，以後要多多爲我們醫院引進，下次開會，我準備提議就由你來負責這項工作了。」

邵海波一聽，差點滑倒在地，這麼說，自己的主任一職非但不會撤，反而是要進入院級管理層了？

從門診大樓一路穿過去，看到這一幕情景的醫生護士全懵了，院長一大早就站在門口望穿秋水，大家以爲是在等候某位重要領導呢，原來是在等邵主任！不會吧，聽說院長昨天當眾發火，要讓邵主任到急診室去報到，難道這傳聞竟是假的？

但是看張院長對邵海波的那態度，和藹可親，不時還拍一拍肩膀，張院長以前可從來沒對誰如此親熱過啊！大家就都覺得上了當，也不知道是誰這麼可恨，竟然造這種謠言，還好邵主任讓院長直接就從門口給劫走了，不然自己今天說不定就要得罪了邵主任。

邵海波昨天一晚上沒睡好，張仁傑又何曾合過眼，他整晚都在琢磨著要如何才能挽回馮廳長對自己的不良印象。

本來自己錯割了馮廳長一刀，已經是罪該萬死了，想彌補都不知道該如何下手呢，昨天又千不該萬不該，急於搶功說錯了話，以至於讓馮廳長誤會了，這回是跳進黃河都洗不清。

現在能在馮廳長面前說上話的，好像就只有那個曾毅了，可對方只是個實習生，隨時拍拍屁股就能走人，根本不受自己這個院長的約束啊。再說了，跟對方也沒那麼深的交情，人家未必肯為你講話啊。

想來想去，張仁傑就想到了邵海波的身上，邵海波是曾毅的師兄，自己對他好，那就是對曾毅好嘛，只要那小子不糊塗，應該就知道要怎麼辦了。

張仁傑已經放了狠話，他也知道如果不辦邵海波的話，這面子肯定是栽定了，可有什麼辦法呢，形勢比人強啊，這領導一旦對你產生了不好的印象，那你的前途保證是黑得一點亮光都看不到。

跟前途比起來，跟院長的位子比起來，這面子才值幾個錢，在心裏打定了主意後，張仁傑早早地來到醫院，就等著邵海波來上班了。

推開特一號病房的門，就聽到了馮玉琴的笑聲，此刻她又恢復了第一夫人的風采，容光煥發，和昨天那個奄奄一息的病人比起來，完全就是兩個人。

看到張仁傑進來，馮玉琴的臉又拉了下來，心想你還有臉出現，人家小曾大夫不過一劑藥就治好的病，你讓我遭了多少罪，還差點就用了那種噁心的療法。

張仁傑一看馮玉琴的臉色，就知道情況不妙，不過還是硬著頭皮上前打招呼：「馮廳長，向您彙報一個好消息，醫院已經決定給曾毅大夫轉正，並且享受專家待遇。這幾天，就讓他留在這裏，專心照料馮廳長。」

馮玉琴鼻孔裏「哼」了一聲：「曾毅的去處，就不勞張院長費心了，我已經有安排了，明天他就到衛生廳的專家醫療小組報到！」

張仁傑「啊」了一聲，很吃驚，這個小子的命未免也太好了吧！省衛生廳的專家醫療小組，那豈是一般人就能隨隨便便進去的？

李正坤這個「御醫」，是專門負責給中央領導看病的；而南江省衛生廳的專家小組，就是南江省自己的「御醫」衙門，負責南江省副省級以上領導的保健工作。能夠有資格進入這裏的，那絕對都是千挑萬選，浪裏淘沙後剩下的「真金」。

整個南江省的醫生，哪個不是擠破了腦袋想鑽進這裏來，除了是對醫術的肯定外，還有就是近水樓台先得月，天天跟領導們親近，這前途還能差得了？

曾毅明顯有些意外，這事馮玉琴可沒講過，自己怎麼稀裏糊塗就成專家了，他連忙推辭：「這不好，這不好，我人年輕，又沒有資歷，怕是……」

「我說行，那就行！」馮玉琴以不容置疑的口氣，打斷了曾毅的話，「年輕怎麼了，沒有資歷又怎麼了，要是只講這個，那專家小組乾脆辦到養老院裏算了！」

「對的，對的！」張仁傑連連點頭，「馮廳長目光如炬，要論醫術，我看咱們南江省也很難找出幾個能比曾大夫還高明的了，進專家小組，那完全是夠資格的。曾大夫，你就不要推辭了嘛，這都是馮廳長的一片關愛之心，千萬不要辜負了啊。」

曾毅還想推辭，但看到邵海波一個勁朝自己搖頭，他只好把話收了回去：「我就怕自己到時候做不好。」

「能不能做好，那得先做了才知道！」馮玉琴躺在床上，「這事就這麼定了，明天你就去報到。」

張仁傑心中豔羨，這個實習生的命也實在是太好了，省院上上下下有幾百位專家，但能夠入選專家小組的，也不過寥寥四五人而已，就是他這個院長，也都沒能入選。

曾毅只能先接受了：「謝謝馮廳長！」

「你治好了我的病，我都還沒謝你呢，以後不要這麼客氣，叫我馮阿姨，或者馮姨！」馮玉琴說這話的時候，語氣裏一半是嗔怪，一半是親切。

馮……阿姨？

張仁傑的腦子裏像是被人引爆了一顆原子彈，轟轟隆隆的。馮玉琴一向嚴厲，不苟言笑，是衛生系統出了名的「鐵娘子」，平時大家想見她一個笑臉都難，什麼時候聽她用這種親和的語氣跟人講過話啊，這絕對是大姑娘上轎——頭一回！

張仁傑沒有體驗過馮玉琴的那種痛苦，自然就無法瞭解她此時此刻的心情。多日病痛一朝解除，這感覺就像是整個人重生了一般，看到花都是鮮的，看到天都是藍的，馮玉琴現在怎麼看曾毅，都覺得順眼，特別是這個年輕人臉上那副永遠憨厚誠懇的笑容，讓人渾身上下都覺得舒坦。

本來還想彙報要把曾毅定爲省院的重點培養對象，但這話現在就沒法講了，張仁傑恭喜了幾句，就和邵海波一起上前，開始做每天的例行檢查。

僅僅一夜之間，馮玉琴的病情就有了翻天覆地的變化，腹瀉止住了，低燒也退了，血壓、心跳等各項基本資料更是正常得不能再正常。張仁傑此刻才敢確認，讓衆多專家都束手無策的頑症，真的被這個實習生的一劑中藥就給解決了。

欲知更多精彩內容，請看風雲時代最新出版之《首席御醫》！

淘寶黃金手 卷十二 九龍奇鼎

作者：羅曉
出版者：風雲時代出版股份有限公司
出版所：風雲時代出版股份有限公司
地址：105台北市民生東路五段178號7樓之3
風雲書網：http://www.eastbooks.com.tw
官方部落格：http://eastbooks.pixnet.net/blog
Facebook：http://www.facebook.com/h7560949
信箱：h7560949@ms15.hinet.net
郵撥帳號：12043291
服務專線：(02)27560949
傳真專線：(02)27653799
執行主編：朱墨菲
美術編輯：許惠芳

法律顧問：永然法律事務所 李永然律師
北辰著作權事務所 蕭雄淋律師

版權授權：蔡雷平
初版日期：2013年7月
初版二刷：2013年7月20日
ISBN：978-986-146-970-6

總經銷：成信文化事業股份有限公司
地　址：新北市新店區中正路四維巷二弄2號4樓
電　話：(02)2219-2080

行政院新聞局局版台業字第3595號 營利事業統一編號22759935

定價：280元　特價：199元

國家圖書館出版品預行編目資料

淘寶黃金手／羅曉著. --初版-- 臺北市：風雲時代，
2013.06 -- 冊；公分

ISBN 978-986-146-970-6（第12冊；平裝）

857.7　　101024088